LA FOLLE D'ELVIS

Le Froid se meurt, poèmes, Éditions Atys, 1961. Épuisé.

Holocauste à deux voix, poèmes, Éditions Atys, 1961. Épuisé.

Nouvelles, avec la collaboration de Jacques Brault et d'André Brochu, Cahiers de l'AGEUM, 1963. Épuisé.

Le Cabochon, roman, Éditions Parti pris, 1964. L'Hexagone, collection « Typo », 1989.

Le Vent du diable, roman, Éditions du Jour, 1968. Stanké, Québec 10/10, 1982.

Félix-Antoine Savard, Fides, « Écrivains canadiens d'aujourd'hui », 1968. Épuisé.

Poèmes pour durer, Éditions du Songe, 1969. Épuisé.

Le Désir suivi de *Le Perdant,* pièces radiophoniques préfacées par François Ricard, Leméac, « Répertoire québécois », 1973.

L'Épouvantail, roman, Éditions du Jour, 1964. Stanké, Québec 10/10, 1980. Traduit en anglais par Sheila Fischman sous le titre de *The Scarecrows of St. Emmanuel,* McClelland & Stewart, 1977.

Une soirée en octobre, pièce en trois actes préfacée par Martial Dassylva, Leméac, « Théâtre », 1975.

L'Épidémie, roman, Éditions du Jour, 1975. Stanké, Québec 10/10, 1980. Traduit en anglais par Mark Czarnecki sous le titre de *The Inspector Therrien,* Press Porcepic, 1980.

Les Rescapés, roman, Quinze, 1976. Stanké, Québec 10/10, 1981. Traduit en anglais par David Lobdell sous le titre de *Man on the Run,* Quadrant, 1984.

L'Hiver au cœur, novella, XYZ Éditeur, 1987. Bibliothèque québécoise, avec une préface de Jean-François Chassay, 1992. Traduit en anglais par David Lobdell sous le titre de *The Winter of the Heart,* Oberon, 1989.

Histoires de déserteurs, version remaniée de la chronique romanesque comprenant *L'Épouvantail, L'Épidémie* et *Les Rescapés,* Boréal, 1991.

La Vie provisoire, roman, Boréal, 1995. Traduit en anglais par Sheila Fischman sous le titre de *The Provisional Life,* Oberon, 1997.

André Major

LA FOLLE D'ELVIS

Boréal

Les Éditions du Boréal remercient le Conseil des Arts du Canada
et la SODEC pour leur soutien financier.

Illustration de la couverture : Martial Raysse, *Tableau à grande tension*, 1965, Stedelijk
Museum/Kinémage, Montréal.

Dépôt légal : 3ᵉ trimestre 1997
Bibliothèque nationale du Québec

Diffusion au Canada : Dimedia
Distribution et diffusion en Europe : Les Éditions du Seuil

Données de catalogage avant publication (Canada)

Major, André, 1942-

    La Folle d'Elvis

    (Boréal compact : 83)
    Éd. originale : Montréal : Québec/Amérique, c1981.
    Publ. à l'origine dans la coll. : Collection Littérature d'Amérique

    ISBN 2-89052-843-X

    I. Titre.

PS8526.A453F65   1997   C843'.54   C97-940796-6

PS9526.A453F65   1997

PQ3919.2.M34F65   1997

En ce qui concerne tout le reste — indifférence, ennui, le fait que les hommes aiment seulement leurs représentations et fantaisies, je ne peux dire qu'une chose : l'âme d'autrui n'est que ténèbres.

Tchékhov à L. A. Avilova, le 30 août 1898.

La folle d'Elvis

Il sort du restaurant avec, au côté, le même élancement que tout à l'heure quand il a commandé un sandwich aux œufs et un coca-cola. Il sort, et la rue est toujours déserte, a-t-on déjà vu ça, un soir d'été ? Il fait trop chaud, pense-t-il. Il se tâte pour la centième fois le côté droit, sous le sein.

Il marche d'un pas hésitant, il pourrait très bien faire demi-tour. Il n'est pas encore six heures. La plupart des gens sont à l'ombre, un peu partout dans les Laurentides, les Cantons de l'Est, la Mauricie, la Gaspésie, l'Abitibi, le Saguenay, les Îles-de-la-Madeleine. Pas lui. Il a déjà essayé de sortir de la ville, il a failli perdre la tête. Il ne peut pas être seul longtemps, il se vendrait au premier venu plutôt que de supporter *un trop long creux,* comme il dit.

Le voici déjà à l'angle du boulevard Dorchester et de la rue Amherst. Il sourit aux bancs de béton formant un quadrilatère au centre duquel on a planté, dans un pot énorme, également en béton, un arbuste chétif. Il ne sait pas de quelle espèce, mais qu'est-ce que ça peut faire ? Des sacs de papier, des pages de journal et des dépliants publicitaires poussés là par le vent. Mais maintenant tout cela est figé dans le calme absolu de cette soirée humide qui ne fait que commencer.

Il s'assoit sur le même banc que la veille. Et il attend, la main gauche pressant les côtes, là où persiste une douleur ténue. La veille, il y avait un vent fou. Il s'était arrêté devant ces mêmes bancs, les cheveux ébouriffés, et elle n'avait pas détourné les yeux, comme la plupart des femmes. Elle mangeait une grosse pomme en le regardant. Il faisait aussi chaud qu'aujourd'hui, mais il ventait.

Il avait fini par s'approcher. Elle lui avait souri au moment où il s'était assis sur le banc qui faisait face au sien. Sa tenue vestimentaire l'intriguait : cette longue jupe fleurie et froissée qui lui tombait sur les pieds — pas très propres, il s'en souvenait avec une certaine gêne —, ces sandales de corde et ce corsage ample comme en portent les gitanes qui laissent voir leurs épaules brûlées par le soleil des routes.

Le jus de sa pomme collait entre ses doigts courts qu'elle suçait de temps à autre, sans rien dire. Elle n'était pas élancée, mais charnue, un peu grasse même. Il aurait voulu l'inviter au cinéma où, au moins, il aurait fait frais. C'est ce qu'il faisait d'habitude. Là, on peut voir si ça colle ou pas. Tu t'appuies contre elle, tu lui prends la main. Si elle se tient raide, rien à faire. Si la main est molle, ça promet ! Il attendait le moment propice. Une fois sur deux, il se risquait plus loin, une fois sur trois c'était dans le sac. Évidemment, pas avec n'importe qui. Il fallait que la fille ait l'air déniaisée. Il se disait qu'il avait du flair pour ça. Le problème, c'était après le cinéma. Si la fille avait un appartement, une chambre, parfait. Sinon ça tombait à l'eau. (C'était rare mais ça arrivait.)

Cette fille-là, qui avait les cheveux plus courts que lui, il ne savait trop comment l'aborder. Elle avait sa pomme à la main et elle souriait, sans rien dire. Il avait fumé deux cigarettes en se disant que ça lui viendrait. Une blague, des fois, ça suffit. Avec elle, rien. « Fait chaud », avait-il fini par dire.

Elle avait souri. C'est-à-dire continué à sourire de la même manière. Autrement dit, elle n'avait pas bronché. Et il avait fait mine de se lever en espérant qu'elle le retiendrait. Elle regardait ailleurs, alors il se leva comme s'il partait, fit quelques pas devant le banc et puis il se rassit, cette fois avec la ferme intention d'en finir. « On pourrait aller au cinéma, mais j'ai pas assez d'argent. »

Il avait éclaté d'un rire embarrassé en lui montrant les quelques pièces de monnaie qui lui restaient. Elle aussi avait ri. C'était encourageant. « On pourrait marcher », osa-t-il.

Elle avait regardé sa pomme avant de la lancer vers la poubelle contre laquelle elle avait chu et elle lui avait pris la main. Ils avaient marché au hasard, toujours en silence. Mais il préférait cela, au fond. Il y avait des filles qui se lançaient dans des monologues qu'il suivait difficilement. Elles racontaient leurs malheurs ou elles pestaient contre la pollution. C'étaient les pires, celles-là. Elles lui demandaient son avis, et lui, comme il s'en balançait, il ne trouvait rien de brillant, se contentant de leur donner raison sur toute la ligne. Et alors elles l'accusaient de ne penser qu'à ça (sous-entendant, bien entendu, le lit). Il fallait qu'il proteste, qu'il se dise déprimé, au bord du suicide, pour les ramener à de meilleurs sentiments.

Mais pas elle, la gitane. Il avait oublié de lui demander son nom. Il pensait à elle dans ces termes : la gitane. À cause de ses vêtements et de sa peau brûlée. Elle viendrait ce soir, il y tenait terriblement, même si ça n'avait pas été spécialement amusant la veille. Elle avait de bonnes jambes, mais lui, après une heure ou deux, il n'en pouvait plus. Il avait les mollets noués et une vague envie de vomir. Les rues sentaient mauvais où elle le menait, à l'orée du quartier chinois. Elle ne lui avait pas dit qu'elle habitait là. Elle ne disait rien.

Il faisait presque noir quand elle lança, comme ça, d'un seul trait : « Tu pourrais t'appeler Elvis, on danserait. »

Ce n'était pas une question, il l'avait senti très fortement. Ils se trouvaient à ce moment-là, mais lui ne le savait évidemment pas, devant la maison où elle allait bientôt l'entraîner. Ils montèrent un escalier délabré, aux marches creusées, puis un autre ; et c'était là, tout au fond du corridor. Une porte qui fermait mal, une seule pièce dont la fenêtre donnait sur le clocher d'une église aux toits vert-de-gris, et qui semblait presque vide. Il y avait près du matelas tassé contre le mur un phono portatif et une pile de disques, une chaise brune qui supportait une cuisinière à deux ronds et, dessous, une casserole, un poêlon et quelques assiettes. Pas même de frigo.

Les toilettes devaient se trouver dans le corridor, et ça lui déplaisait beaucoup. Il y avait, dans un autre coin, un lavabo dont l'émail avait jauni. Elle avait mis un disque d'Elvis et s'était approchée de lui, toujours aussi souriante, mais maintenant son sourire voulait dire quelque chose, lui sembla-t-il : il était invitant, à bien y réfléchir. La chanson, il l'avait oubliée. En tout cas, elle n'était pas rock. Tant mieux, s'était-il dit. Il ne dansait pas. Ni le rock ni autre chose. C'était lent et elle se serrait contre lui, les yeux clos, absente ou rêvant à un autre. Mais ça ne le vexait pas tellement. Elle avait dû perdre un amant qui dansait comme un charme, et elle essayait de retrouver ce souvenir-là.

Il dansa avec plaisir un long moment, puis ces préliminaires l'ennuyèrent. Il glissa la main droite sous son aisselle humide, cherchant le poids du sein. Elle ouvrit les yeux : ils flambaient. Et elle ne souriait plus du tout. Il voulut se faire pardonner cette brusquerie en ramenant sa main contre son dos, mais l'instant d'après, excédé par le désir, il la laissa descendre jusqu'à la fesse qu'il caressa si doucement qu'elle parut s'en accommoder. Le tissu le gênait. Il aurait voulu sentir sa peau. Il tergiversa encore un bon moment, la gorge nouée, jusqu'au moment où il se dit que c'était suffisant. Qu'il fallait en finir tôt ou tard. Il se pencha pour l'embrasser sur la bouche. Elle relâcha son étreinte, mais lui pas. Au contraire, il lui emprisonnait les épaules en forçant ses lèvres. Ses dents avaient durement heurté les siennes. Et ça le mit en colère.

Elle détourna la tête en gémissant, comme un chiot qui se plaint devant la porte. Mais il l'avait repoussée jusqu'au matelas défoncé par endroits où ils croulèrent. Elle poussa un cri entre ses dents. Il lui força de nouveau les lèvres. Elle céda cette fois, mais mollement. Par lassitude, il en était certain maintenant. Elle se laissait aller tout simplement. Il lui lécha les lèvres qui avaient encore un goût de pomme, il lui massa longuement les seins qui étaient étrangement petits au-dessous de ses épaules dodues, petits et écartés l'un de l'autre. Au lieu de se coucher comme la plupart, ils se dressaient. Et cela l'excita davantage.

Elle le laissa relever sa longue jupe, écarter son slip et la pénétrer, fixant obstinément le poster d'Elvis au mur. Elle ne résistait plus, c'était comme si elle n'était plus là, et il cessa de s'en préoccuper. Il éjacula très vite et sans ressentir autre chose qu'un soulagement. Le plaisir ne s'était pas diffusé comme à l'accoutumée dans son ventre, son échine, sa nuque, son palais. Il avait été trop pressé. Il aurait voulu le lui dire. Mais elle regardait toujours le mur où Elvis avait la bouche tordue et les cheveux dans le visage. Il trouva qu'il lui ressemblait un peu.

Il remit le disque et lui caressa la jambe. Elle n'avait même pas ramené sa jupe sur elle. Il alluma une cigarette dont la cendre se retrouva par terre. Il avait soif et chaud. Après avoir retiré sa chemise trempée aux aisselles, il se rinça la bouche sous le robinet et se lava le visage. L'ampoule jetait une lumière crue sur ses jambes. Elle avait la plante des pieds noire.

Il fuma encore une cigarette et se leva. Elle avait croisé les mains sous sa tête et lui tournait le dos. Il ne se sentait pas très fier de lui, il avait joui tout seul et voilà qu'elle boudait. Il lui demanda si elle voulait danser. Elle demeura muette. Il soupira, lui dit qu'il s'en allait et le fit en se rendant compte que ça lui était égal.

Il était rentré chez lui dans le sous-sol qu'il partageait avec un ami absent tout l'été. Au moins, là, il faisait frais. Et pourtant pas moyen de dormir. Il ne pouvait pas admettre que les choses finissent comme ça, en queue de poisson. Quelque chose clochait chez elle, d'accord, se disait-il, mais j'aurais pu faire mieux. J'étais trop pressé, qu'est-ce qui m'a pris de l'embrasser de force ? Il a passé la journée à se le demander. Il en est toujours là, d'ailleurs, assis sur le banc de béton, de moins en moins sûr de la revoir.

Il s'en veut tellement qu'il croit méritée la douleur qu'il a sous le sein. Il pourrait aller chez elle. Mais quoi dire ? Je m'ennuyais de toi, je voulais racheter la soirée manquée. Elle en profiterait pour lui mettre le grappin dessus. Si le hasard pouvait arranger les choses. L'idéal, ce serait qu'elle revienne s'asseoir ici, sur le banc d'en face. Ils riraient de bon cœur, puis il lui prendrait la main, il lui dirait qu'elle a l'air d'une gitane et peut-être qu'ils marcheraient dans les rues chaudes avant de monter chez elle et de danser sur les paroles d'Elvis. Il la laisserait rêver, les yeux fermés, il attendrait. Il essaierait, en tout cas.

Deux filles se tenant par la taille sortent d'une maison de briques tout près. Elles disparaissent. Il fera sombre dans quelques minutes. Et il est toujours là avec sa douleur au côté droit. Il lui en veut de le faire attendre, c'est assez, se dit-il en se levant. Une odeur de banane écrasée lui monte au nez. Il a effectivement posé le pied sur une banane noire. Il espère retrouver le chemin qui mène chez elle. À plusieurs reprises, il hésite. Est-ce ici qu'ils ont bifurqué ou là-bas ? Il y avait ce mur peint par des enfants, c'est donc là. Et il reprend espoir. Cette longue attente, cette recherche obstinée rachètent sa brutalité de la veille, croit-il.

C'est la bonne rue. Il reconnaît au passage le restaurant chinois et, tout de suite après, le kiosque du marchand de journaux à qui il achète le dernier *Mad*. Elle habite bien là, dans cette maison. Il monte, le cœur battant. Il a gagné. Pas tout à fait. Mais il se sent prêt à tout. Je la ferai danser. Ensuite, on verra bien. Le voici sur le palier mal éclairé. Peut-être qu'elle l'enverra promener, va donc savoir. On peut toujours essayer, se dit-il.

Il a ralenti en débouchant sur le corridor. De la lumière coule sous sa porte. Elle est là. Elle écoute Elvis. Il allume une cigarette avant de frapper, cherchant une formule. Le mot convenable. Bonsoir, ça va ? C'est un peu simple, un peu faux surtout. Avoir l'air repenti, ce serait mieux. Il écrase sa cigarette sous son talon et il frappe un coup, puis un deuxième, plus fort. Elle est là, il l'entend frotter quelque chose. Il a même cru qu'elle s'avançait vers la porte en traînant les pieds. La porte ne se verrouille pas, il le sait. Il tourne la poignée et pousse la porte aussi doucement que possible.

Elle est bien là, écoutant Elvis, les yeux clos, souriant d'un air absent au grand blond qui danse avec elle. Il ouvre la bouche pour dire quelque chose, mais quoi ? Il n'y a rien à dire, il le sait, il aurait dû le savoir depuis le début. Ce n'était pas lui qui comptait, la veille. Pas plus que le grand blond de ce soir. Il referme la porte et s'en va, tout seul avec sa douleur au côté droit.

La dernière cigarette
ou la tentation du désert

Il était huit heures, ce matin-là, quand il décida que c'était la dernière. Vraiment la dernière, dit-il en l'écrasant dans les mégots de la veille, au milieu du grand cendrier d'onyx qui lui venait de qui, déjà? Cela l'avait pris subitement, comme un besoin impérieux. Il ne se souvenait pas d'avoir jamais pris une décision aussi rapide, aussi définitive. Il poussa un profond soupir, ferma la radio et, comme il se hâtait, il buta sur l'aspirateur qui traînait dans le hall depuis deux ou trois jours.

« Ah, elle! » laissa-t-il échapper en le regrettant aussitôt. C'était à elle, bien sûr, de faire le ménage. Il l'avait fait la semaine précédente. Mais avec toutes ces réunions, elle n'avait plus le temps de respirer, comme elle disait. Alors, le ménage, il allait au diable, et qu'est-ce que tu peux dire? D'habitude, il s'en balançait. Mais pas ce matin-là. Il ne neigeait plus, bien que le vent persistât à balayer la couche poudreuse qui couvrait les toits et les balcons. « Maudit pays! » dit-il entre ses dents tout en cherchant dans ses poches un dernier ticket d'autobus. Il ne s'y trouvait plus, et pas de monnaie, pas assez en tout cas. Il arrêta un taxi dont le chauffeur était un Noir qui le conduisit au métro sans ouvrir la bouche.

Il paya, récupéra la monnaie et laissa un pourboire excessif au chauffeur toujours silencieux, puis il se précipita dans la bouche du métro avec une sorte de soulagement. Huit heures quinze : la ruée dans les tourniquets. Il acheta un carnet de tickets, revint sur ses pas pour prendre le journal et dut patienter derrière un superobèse qui avait du mal à franchir le tourniquet. Puis il se laissa descendre sur l'escalier mobile en jetant un coup d'œil aux manchettes. Il lisait sans rien voir ou plutôt sans saisir le sens des mots. Tant pis, se dit-il en pliant le journal qu'il glissa ensuite dans la poche de son manteau de cuir marron.

La rame arrivait, il s'y jeta, comme porté par l'élan collectif. Il était debout, mais ce n'était pas nouveau, il avait horreur de jouer des coudes pour obtenir une place assise. Il avala une pastille contre la toux, histoire de s'occuper la langue. Deux étudiants trop grands conversaient bruyamment, comme si leurs sornettes pouvaient intéresser les autres, pensa-t-il avec une hostilité croissante. Ils n'étaient pas seulement trop grands, ils étaient trop... là, en quelque sorte.

À Berri-de-Montigny, presque tout le monde sortait. Encore la marée, des remous en tous sens. Et, tout à coup, un choc : l'éclair d'un beau visage de femme dans cette foule. Ils allaient se croiser dans quelques secondes. Il se dirigea un peu plus vers la droite pour se trouver sur sa trajectoire. Elle avançait, la tête haute, le regard fixe. Il la croisa, mais elle ne saisit pas son regard, elle ne le vit même pas et cela lui fit mal. Qu'avait-il donc imaginé durant ces quelques secondes où il avait senti son cœur battre très fort ? Qu'elle recevrait, en le voyant, le message du destin ? Espèce de fou, se dit-il. Et il se demanda si ça arrivait à Luce, ces éphémères coups de foudre.

Dans la rue, les gens se dispersaient en soufflant devant eux cette buée des journées froides et humides. Il traversa la rue, hésita devant un marchand de tabac et se remit en route. D'autres employés se précipitaient dans l'édifice de béton et de verre. L'ascenseur était bondé, et un nommé Labrie lui envoyait son haleine fétide en plein visage. Il put enfin respirer en sortant de là avec une mine de rescapé.

Personne n'était à son poste sauf, peut-être, la réceptionniste. C'était à peine si elle le saluait. Elle réservait ses compliments aux patrons à qui il arrivait d'ailleurs de l'inviter à déjeuner. Ces jours-là, elle perdait la tête et répondait n'importe quoi. Sa mère avait dû rêver d'un médecin comme gendre, se dit-il en accrochant son manteau dans la pièce qu'il partageait avec Gisèle. Tiens, elle avait déposé sur son bureau un texte d'une vingtaine de pages avec une note le priant de faire diligence. L'imprimerie attendait ce dernier chapitre pour achever la composition d'un manuel de mécanique. Ça tire à sa fin, soupira-t-il. Il préférait les manuels d'histoire ou de géographie. Moins de termes techniques, et puis c'était moins pénible. Gisèle traduisait comme elle respirait, mais il lui arrivait, quand ça l'embêtait, de flanquer des points d'interrogation en marge de son texte. Et c'était lui qui se payait des coups de fils à l'Office de la langue et des heures de vérifications. En revanche, elle lui facilitait les choses en employant généralement une langue simple et claire.

Il serait bientôt neuf heures, et elle n'était pas là. Jamais pressée d'arriver, elle rognait sur son heure de repas ou s'attardait au bureau en fin de journée. Dès qu'elle arrivait, il courait lui chercher un café et ils passaient un quart d'heure ou plus à parler de tout et de rien. Elle avait un faible pour les expositions et les films pour happy few. N'importe quoi pouvait survenir, un coup d'État au Chili ou la condamnation d'un dissident à dix ans de bagne, ça ne l'inquiétait pas. Lui, c'était tout le contraire, il pouvait en parler des heures et des heures, mais à quoi bon ? se demanda-t-il. Luce était comme lui, sauf qu'elle avait des explications pour tout. Moi, pensa-t-il, je ne comprends pas, la bêtise humaine me renverse. Il se rendit compte que ce matin-là, rien ne l'avait indigné pour la bonne raison que le journal ne lui disait rien.

La sonnerie du téléphone le fit sursauter. Gisèle le prévenait qu'elle ne rentrerait pas avant lundi, elle avait mis le point final à son texte tard la veille, elle était crevée, sans compter que la grippe courait. Dimanche, elle retournait voir *La Salamandre*. Il devrait, lui aussi. Il dit que peut-être il irait, mais distraitement, lui en voulant au fond de ne pas être près de lui, au moment précis où il se sentait l'âme à l'envers.

Il raccrocha, plia le journal et se mit à la lecture du texte de Gisèle. Mais il n'y arrivait pas. Il lisait sans que les mots s'impriment en lui. Il avait l'impression que les mots n'étaient formés que de lettres indépendantes les unes des autres et ne divulguaient aucun sens. Tu lis trop, se dit-il, tu devrais faire du ski. Mais Luce avait toujours du travail qui l'attendait. Et il avait désappris la solitude. Il ne sortait jamais sans elle. Il pourrait aller voir *La Salamandre* avec Gisèle, par exemple. Mais Luce soupçonnerait tout de suite le pire. Valait mieux oublier ça. Il se sentait bouillir intérieurement. Il prit une troisième pastille. Il en avait la langue irritée.

Mme Talbot s'approchait en roulant les hanches, comme si elle n'avait pas vingt kilos de trop. Tout ce qu'elle faisait, du matin au soir, c'était de revoir les épreuves et de se rendre à l'imprimerie. Quand quelque chose clochait (et qu'est-ce qui ne clochait pas à l'entendre), elle alertait tout le monde, mais si on voulait lui prêter main-forte, c'était toujours trop tard. Après son divorce, elle avait sorti quelques mois avec le gérant de la Caisse populaire, au rez-de-chaussée, mais l'affaire avait foiré. Elle avait dû tout prendre en main, pensait-il, et lui, habitué à commander, il avait paniqué. Ou bien c'était autre chose, va donc savoir. Les gens ne sont pas nécessairement comme on les voit ou comme ils s'efforcent de paraître. Parfois meilleurs, parfois pires, se dit-il en se reprochant aussitôt ce truisme. Et moi, par exemple, de quoi j'ai l'air ? D'un employé moyen, ni paresseux ni zélé. Si je fais mon travail à peu près convenablement, ce n'est pas par souci professionnel ou parce que j'aime ça, c'est que je tiens à mon poste. Et à mon chèque de paie. C'est aussi bête que ça. Mais hier, je n'aurais même pas pu l'admettre. Ce qui se passe dans le monde m'empêche de me voir, moi.

Mme Talbot, qui sortait des toilettes, se dirigea vers son bureau, la mine soucieuse, et il feignit de se concentrer sur sa lecture, ennuyé, de devoir répondre à la question qui ne tarda d'ailleurs pas : « Gisèle est pas là ?

— Malade, dit-il, maussade.

— Ils attendent son dernier chapitre, lança-t-elle, comme à bout de souffle.

— J'en ai pour deux ou trois heures à le réviser. Vous l'aurez cet après-midi.

— Avant trois heures ? demanda-t-elle, au bord de l'angoisse.

— Je vais essayer », dit-il.

Et elle repartit en tanguant. Il chercha distraitement autour de lui. L'envie de fumer le prenait tout à coup. Si je cède, se dit-il, je m'en voudrai à mort. Il ne savait trop pourquoi, sauf qu'il devait tenir bon, comme si cette abstinence était devenue nécessaire, urgente même. Premier pas vers autre chose, se dit-il. Une conscience plus aiguë de la réalité peut-être.

Vers midi, avant de descendre, Mme Talbot repassa lui demander si ça avançait. Il eut envie, en lui voyant cet air de chien battu, de jouer avec ses nerfs. Mais il lui promit de lui apporter le texte avant trois heures, assez fier d'avoir résisté à la tentation et de voir ce large sourire lui gonfler les joues. Le texte de Gisèle était irréprochable, à quelques vétilles près, s'il pouvait vraiment s'en tenir à la lecture distraite qu'il en avait faite. Il relut donc le texte, corrigea une ou deux fautes mineures et le déposa sur le pupitre de Mme Talbot. Il n'y avait plus un chat, évidemment. Un vague relent de parfum et de fumée refroidie subsistait qui lui fit penser à la mort.

Il n'avait pas faim, mais il avait besoin de marcher. Il descendit, seul dans l'ascenseur. Labrie faisait le guet dans le hall de l'immeuble. C'était bien le dernier homo sapiens qu'il espérait rencontrer. Il eut beau presser le pas en relevant le col de son manteau, Labrie lui prit le bras : « Qu'est-ce que tu dirais d'aller manger chez Toro ? »

Ça ne lui disait franchement rien de s'enfermer dans ce steak-house où les serveuses vous balancent les seins au-dessus de votre assiette. Il lui dit qu'il ne se sentait pas bien et qu'il avait seulement envie de marcher. L'autre insistait. Le salaud, pensa-t-il, je lui flanquerais ma main sur la gueule. Mais une caissière passait à ce moment-là que Labrie prit en chasse. Il rejeta l'idée d'aller chez Carlo où il échouait presque toujours : il en avait jusque-là, des pâtes. Il se voyait plutôt attablé devant un bol de riz, dans la pénombre d'une salle silencieuse, goûtant cette nourriture élémentaire.

Marcher le remit d'aplomb, comme s'il retrouvait enfin l'espèce d'intimité avec ce qu'il portait en lui et dont l'éclosion devait être imminente. Ce n'était pas un hasard s'il avait subitement décidé d'en finir avec le tabac, croyait-il. Il aurait davantage pris plaisir à sa déambulation dans les rues désertes s'il avait eu quelque chose sur la tête. Les rafales lui avaient gelé le front et les oreilles. Il se réfugia dans un restaurant chinois où il lui arrivait souvent de finir la soirée avec Luce avant qu'elle enseigne et que lui se sente prisonnier d'un sort peut-être enviable mais auquel il aurait pu renoncer comme ça, n'importe quand.

Le Chinois de toujours le conduisit tout au fond de la salle, là où c'était, comme il disait, *vely quiet*. Les murs étaient couverts de motifs traditionnels, dragons et guerriers. Il aurait préféré ne rien voir. Il ferma les yeux et savoura le riz qui était cuit à point, pas pâteux du tout, léger même. Rien d'autre que cette jouissance. Aucune révélation ne le traversa. Mais il se sentit bientôt tout à fait apaisé, et serein — mot qui lui procura un certain plaisir.

Il paya et marcha vers l'ouest, l'esprit léger. Il ne rentrerait pas au bureau cet après-midi, quelle liberté. Il y avait longtemps qu'il n'avait pas eu l'impression de vivre aussi intensément. Moins de dix minutes plus tard, il avait le visage gelé. Il s'engouffra dans le métro où son sang se réchauffa lentement. Rendu devant l'appartement, il se dit qu'il devrait déneiger le balcon et l'escalier, mais il s'écrasa dans un fauteuil avec un gin, selon son habitude. Était-ce l'espèce de bien-être qu'il retrouvait au contact des choses familières, il se sentit ramené à ce passé qu'il avait cru révolu et qui ne l'était pas. Il ouvrit le paquet de cigarettes qui traînait sur la table. N'en restaient plus que trois qu'il écrasa dans le cendrier en serrant les dents. C'était plus qu'un simple mouvement de dépit, c'était la confirmation d'un engagement dont la portée lui échappait encore, bien qu'il en savourât déjà les conséquences.

Il se laissa aller à la dérive, se vit marcher dans la toundra, environné d'odeurs fauves et de bramements rauques, allumer un feu de mousse et de bois sec. Et maintenant, s'il levait le bras, il pouvait toucher la peau du ciel, satinée comme un pétale. Ou bien il se gorgeait d'air pulpeux. Ou bien il rentrait au campement où d'autres chasseurs fumaient en l'attendant, et il posait son chargement sur le tas de fourrures que se disputaient des nuées de mouches. Puis il s'asseyait à son tour devant le feu après s'être rempli un gobelet à même le baril d'alcool. L'horizon brûlait et puis c'était la nuit. Ils restaient autour du brasier en dépit de leur fatigue, mangeant ou buvant, l'air de ne pas entendre l'harmonica qui leur parlait des nuits blanches où les femmes leur passeraient autour du cou leurs bras frais comme du beurre.

Il avait dû s'endormir là-dessus quand la voix de Luce le fit sursauter. Qu'est-ce qui s'était donc passé? Elle l'avait attendu. Il avait oublié de lui téléphoner, il s'en excusait. Mais ça ne suffisait pas, elle lui en voulait trop. Tandis qu'elle s'enfermait dans la chambre, il prépara une salade comme elle l'aimait, avec des crottes de fromage et des tranches très minces de salami. Puis il déboucha un bordeaux.

Elle apparut dans une chemise de nuit neuve et, sans même lui dire un mot, s'attabla. Il aurait voulu lui expliquer ce qui lui arrivait, cette dernière cigarette et ce que cela avait entraîné. Quelque chose comme : « J'ai cessé de fumer, et je vois les choses d'un autre œil… » Elle ne rirait certainement pas ; ou plutôt si, elle rirait — mais de lui. Elle mangeait avec rancœur, en plantant férocement sa fourchette dans sa portion de viande froide et de laitue. « J'aurais dû t'appeler, dit-il, mais je me sentais mal, et je me suis endormi…

— Qu'est-ce que tu as décidé ? demanda-t-elle.

— À quel sujet ?

— Réveille-toi ! La maison.

— La maison », répéta-t-il, l'air perdu.

Elle le toisait, prête à l'affrontement. Il n'y avait pas vraiment réfléchi ; pire même, sa pensée avait fait une embardée, une fugue dans un monde inconnu, et la maison était loin maintenant. Hors de question, pour tout dire. C'était un sujet qui revenait sur le tapis une ou deux fois par semaine. Un exutoire, pensa-t-il. Et ce soir, parce qu'elle lui en voulait, ils allaient sûrement en discuter jusqu'à épuisement. Allait-il céder par lassitude, remords ou faiblesse ? L'idée d'une maison lui avait déjà plu : ce serait le lieu où s'épanouirait la tendresse qu'il sentait germer en lui après six ans de vie commune. Que s'était-il passé pour que la maison lui fasse aussi peur que la mort ? La tendresse n'avait pas germé, pensa-t-il, elle s'était tapie au fond de lui, dans la promiscuité des secrets bien gardés et des vieux rêves auxquels il n'était plus question de renoncer. C'était peut-être cette tendresse-là qui lui laissait entrevoir les charmes du désert vers où s'exilait son âme depuis le matin.

« Tous nos amis ont leur maison. Sauf nous, lança-t-elle.

— Nous sommes plus à gauche probablement, insinua-t-il.

— Parce que, pour toi, être de gauche c'est vivre en appartement ? éclata-t-elle.

— Excuse-moi, dit-il. J'ai dit ça comme ça.

— J'ai dit ça comme ça », reprit-elle en essayant de l'imiter.

Il trancha du pain, lui en offrit qu'elle accepta distraitement. Lui, pour la première fois avec une telle intensité, jouissait de la bonté du pain, d'abord entre ses doigts, puis dans sa bouche. Même sans beurre, il avait une saveur nouvelle. La vie serait donc cette élémentaire jouissance sensuelle ? se demanda-t-il. Mais pas pour Luce qui avalait son pain tout en pensant à cette maison d'Outremont qu'ils n'achèteraient probablement pas après ces mois de tergiversation.

« C'est ce soir ou jamais, décide-toi, dit-elle.

— Au diable tout ça ! »

Cela lui avait échappé, et pas question de revenir là-dessus, elle avait repoussé sa chaise et fui dans la chambre. Dans ces cas-là, il savait ce qu'il fallait faire : lui demander pardon et l'attendre, ce pardon, dans un silence qui lui glaçait le sang. Il n'en fit rien, pourtant, toujours assis devant son assiette vide. Il remplit son verre et s'efforça de savourer le bordeaux. Mais la sérénité qu'il avait cru acquise ne l'aidait pas à faire front. Ce qui venait de se passer avait beau être la répétition d'une scène qui, à la longue, avait perdu son sens, il se sentait encore une fois au bord de la déroute, prêt à flancher.

Il se couvrit et sortit. Un voisin essayait de sortir du banc de neige une bagnole mangée par la rouille. Il lui donna un coup de main, mais rien à faire. Le moteur hoqueta avant de se noyer. Le voisin, carcasse brûlée par l'alcool, éclata d'un rire juvénile et flanqua un coup de pied à son véhicule. Ils fumèrent une cigarette en commentant le temps qu'il faisait, puis une autre. Et finalement, après l'avoir salué, il se rendit chez le marchand du coin où il acheta un paquet de cigarettes avec le sentiment à la fois frustrant et rassurant de se retrouver dans les ornières de toujours. Il bavarda deux ou trois minutes avec le marchand et rentra chez lui en se répétant : d'accord pour la maison. Il alluma sa quatrième cigarette de la journée.

Une dernière chance

C'était le premier vendredi du mois et Christine venait de lui demander ce qu'il attendait pour lui envoyer le chèque de deux cents dollars qu'il versait mensuellement depuis qu'un juge impatient en avait décidé ainsi. Tandis qu'elle le traitait de bon à rien, des sueurs froides lui coulaient des aisselles. Il disait : « D'accord, Christine, mais peux-tu me donner une semaine ? Le temps de passer à la banque…

— C'est ouvert le vendredi soir, le coupa-t-elle.

— D'accord, mais je suis pris jusqu'à dix heures, et pour être tout à fait franc…

— Parle-moi pas de franchise, je raccroche ! J'ai une commande à faire demain, et j'ai besoin de cet argent-là.

— Donne-moi une heure ou deux, je vais me débrouiller. »

Elle avait raccroché. Il soupira. Il en était réduit à fumer des cigarillos aromatisés au rhum, à coucher dans ce bureau délabré sur un canapé-lit aux ressorts relâchés, et à se bourrer de sandwiches. Pas question de retourner au journal, plutôt crever. Il y avait trois semaines qu'il attendait patiemment que le téléphone sonne ou qu'un client se présente. La dernière enquête qu'il avait faite pour le compte d'une compagnie d'assurances — une affaire d'incendie présumément criminel — n'avait pas abouti et depuis, rien. La famine, ni plus ni moins. Il n'arrivait même pas à régler les dépenses courantes. Si rien ne se présentait, il devrait fermer boutique. Dans les séries noires, c'est drôle, pensait-il, le héros reçoit toujours la visite d'une cliente sexy, l'air un peu hautain, avec des bottes à talons hauts et un chapeau extravagant. Il ralluma le cigarillo qu'il avait posé dans le cendrier au cours de sa conversation avec son ex-femme, deux minutes plus tôt. Sur l'appui de la fenêtre, les plantes achevaient de se dessécher, faute de soins. Ce n'était pourtant pas le temps qui lui manquait. L'envie le reprenait d'avoir une bonne conversation avec Christine, mais que pourrait-il lui dire pour qu'elle éprouve le besoin de faire marche arrière?

Il avait déjà essayé et elle lui avait ri au nez. Il avait même été jusqu'à lui dire qu'il l'aimait comme un fou. «Tu me l'as déjà prouvé en couchant avec ta vieille folle pendant que moi, j'étais malade comme un chien», dirait-elle en revivant les pires moments de sa grossesse. Il allait se lever pour voir si la pluie avait cessé quand on frappa à la porte, mais il déchanta en apercevant Ronald, un comptable qui l'invitait une fois ou deux par semaine au restaurant pour lui faire part de son analyse de la situation économique, comme si sa propre déconfiture ne l'avait pas déjà suffisamment démoralisé. «Es-tu libre?» lui demanda Ronald. Il haussa les épaules: «Si on peut appeler ça être libre, chômer comme je le fais…

— On va manger à côté?

— Merci, mon vieux, mais j'ai un problème d'argent à régler et ça me coupe l'appétit.

— Je peux t'en prêter un peu si ça t'arrange.

— M'en faudrait deux cents, tu te rends compte?»

Ronald avait déjà extrait son portefeuille de sa poche: «Cent, ça te dépannerait?

— Et comment! Je pourrai te rembourser dans une semaine, pas avant.

— Viens-tu?»

Il attrapa son imper et suivit Ronald qui lui prédisait une hausse catastrophique du taux d'intérêt. Par chance, ce soir-là, comme il avait encore du travail à finir, il ne chercha pas à le retenir. Hubert voulut payer, mais Ronald lui arracha l'addition en lui disant : « Tu paieras quand les affaires iront mieux. » Il attendit qu'il disparaisse dans l'immeuble avant de héler un taxi qui, dix minutes plus tard, le déposait devant chez Christine. Il aurait aimé faire un brin de toilette avant de la voir, mais tant pis, se dit-il, elle ne me laisse même pas entrer. Elle était assez stricte là-dessus : il pouvait passer prendre Patrick, mais pas question de fourrer son nez chez elle. Dès qu'il eut sonné, des sueurs froides lui coulèrent des aisselles, comme chaque fois qu'il s'apprêtait à lui faire face. Et dire que tu voulais mener une vie de grand reporter, s'entendit-il dire. Il poussa la porte et monta à grandes enjambées l'escalier bien entretenu. Rendu devant la porte, il se rendit compte qu'il avait oublié son imper dans le taxi. Christine s'était appuyée contre le chambranle de la porte, les bras croisés. Il lui tendit trois billets de vingt dollars : « C'est un acompte. Je t'envoie le reste au milieu de la semaine prochaine. » Elle les prit sans cesser de le dévisager. Lui, regardant derrière elle, aperçut des bougies allumées sur la table de la salle à manger. Elle attendait sûrement quelqu'un et il restait là, à se balancer d'un pied sur l'autre. « Comment va Patrick ? finit-il par demander.

— Pas mal », dit-elle.

Il ne suait plus, il était simplement tendu. Mais pas elle, rayonnante dans sa robe d'été toute blanche qui accentuait le hâle de sa peau. Dès les premières fois où il l'avait vue, à la réception du journal, c'était cet air de bonne santé qui l'avait frappé. Elle riait quand il l'invitait à dîner, mais elle acceptait de bon cœur, et il lui racontait qu'un jour il ferait des reportages dans le monde entier, même s'il en était encore à courir les chiens écrasés. Elle avait dû finir par croire qu'un jour il serait quelqu'un. Ils s'étaient mariés mais sans pouvoir faire ce voyage de noces au

Moyen-Orient dont ils s'étaient consolés en faisant un enfant. Il n'était pas né lorsqu'elle avait découvert, il ne savait pas encore comment, sa liaison avec Carole. Même le jour de l'accouchement, elle avait refusé de le voir.

Il avait loué un appartement grand comme la main, il avait quitté le journal et il avait cru l'impressionner en lui apprenant qu'il devenait détective à son compte. Mais elle avait poursuivi ses démarches pour obtenir le divorce et il avait plaidé coupable. Qu'est-ce qui l'avait pris de retourner chez Carole après avoir rompu avec elle ? Un obscur besoin de sécurité ou simplement parce qu'elle l'aidait à se croire quelqu'un. « Quand tu le ramènes le dimanche soir, Patrick est à l'envers, dit Christine. J'arrive pas à l'endormir.

— T'aimerais mieux que je cesse de le prendre ?

— J'ai pas dit ça.

— Que je le voie moins souvent ? »

Elle ne disait rien, plantée dans l'embrasure de la porte. « C'est ça que tu souhaites ? insista-t-il.

— Pour son bien, oui.

— Je ferais mieux de disparaître complètement. »

Mais il s'en voulut de laisser percer son amertume. Elle n'était pas le genre de femme que ça apitoyait. « Bon, j'y vais. J'essaie de t'envoyer le reste cette semaine.

— Bonsoir », dit-elle en refermant la porte.

Il descendit l'escalier avec le sentiment que quelque chose d'irréparable venait de se produire. J'aurais dû le savoir que ça finirait par arriver, se dit-il en se retrouvant sur la chaussée reluisante. Un autre, à sa place, aurait probablement échoué dans un bar dans l'espoir de mettre le grappin sur une fille. Mais il savait que, de toute manière, il devrait faire face à ce qui l'attendait. Et il ne se sentait pas capable de lutter encore longtemps. Avec Christine, c'était bel et bien fini. Elle recevait quelqu'un et tôt ou tard elle se remarierait. Quant à Carole, la dernière fois qu'il l'avait revue, il avait eu l'impression de la déranger. Elle avait changé, elle n'avait plus avec lui des prévenances maternelles. Il entra quand même dans une cabine téléphonique et chercha son numéro dans le bottin. Une dizaine de secondes passèrent, puis une voix d'homme ensommeillée lui répondit. Lui se taisait, pris au dépourvu : elle l'avait déjà remplacé. Et il raccrocha en se traitant d'idiot. Il marcha un long moment avec dans la gorge des sanglots avortés. Il marcha à l'aveuglette en se répétant que le mieux était de disparaître pour de bon, ça ne dérangerait personne, bien au contraire. Même Patrick, mon propre enfant, n'en souffrira pas, dit-il, hébété devant un feu rouge. Une odeur de soufre lui pinça les narines, une odeur à quoi il s'attarda un moment, comme si elle avait pu le soulager de la douleur qu'il éprouvait.

Il pensa qu'il pourrait lui écrire et que, peut-être, il arriverait à la convaincre qu'il tenait à elle plus qu'à n'importe quoi. Mais il se sentait lâche, pas vraiment lâche, mais fatigué d'être ce qu'il était, un raté, c'est vrai, dit-il à voix haute, même pas capable de gagner ma vie comme tout le monde. À trente ans, on peut encore changer, pas du tout au tout — il avait perdu cette illusion —, mais suffisamment pour ne plus avoir honte du personnage qu'on joue. Ç'avait été facile, au début, de faire croire à Christine qu'il était une sorte de héros, elle ne demandait pas mieux à ce moment-là, encore impressionnée par les romances dont elle se gavait durant ses moments libres. Mais elle dut déchanter, une fois mariée : son héros courait toujours les incendies et les meurtres crapuleux en se prenant pour Hemingway, tout juste bon à séduire une vieille fille comme Carole.

Il était à deux pas de son bureau. Il hésita deux secondes et il monta en se disant : Et maintenant tu te prends pour Marlowe avec du gin dans le tiroir de ton bureau, et tu attends que le hasard te tire d'affaire. La pièce puait le cigare. Un journal s'étalait sur le canapé où il dormait. Il éteignit le plafonnier, alluma la lampe du bureau et se laissa choir dans le fauteuil. Il s'entendait respirer bruyamment tant le silence était grand dans l'immeuble déserté. Qu'est-ce que tu vas faire, mon vieux ? Il ouvrit un tiroir, prit un cigarillo qu'il roula entre ses doigts avant de le broyer au-dessus de la corbeille à papier. Puis il jeta un coup d'œil sur les notes qu'il avait tapées il y avait des siècles : des projets de reportage qu'il froissa et laissa tomber dans la corbeille. Et il poussa un long soupir de soulagement, comme s'il venait d'être relevé d'une mission impossible. Ses rêves cessaient de lui boucher l'horizon, espérait-il. Mais que lui restait-il ? Une solitude qui collait à lui comme son ombre et qu'il devrait apprendre à supporter. Il résista aux premières sonneries du téléphone, puis, le cœur battant, il décrocha le récepteur. « T'étais là ? demanda Christine.

— Comme tu vois.

— Je voulais m'excuser pour tout à l'heure.

— T'excuser de quoi ?

— Au sujet de Patrick. Tu lui manques beaucoup. »

Il ne savait que dire, attendant la suite. « Peut-être qu'on devrait se parler tranquillement tous les deux. Qu'est-ce que tu dirais d'un rôti de veau ?

— Ce soir ?

— Tu as déjà mangé ?

— Oui. C'est-à-dire une bouchée…

— Viens-t'en.

— Ton ami s'est décommandé ? ironisa-t-il d'une voix faussement enjouée.

— Quel ami ? C'est maman qui devait venir, mais j'ai remis ça à demain pour qu'on puisse se parler une bonne fois. J'en ai assez, comprends-tu ?

— Assez de quoi ? »

Elle ne dit rien. Il crut qu'elle allait raccrocher. « Dépêche-toi : mon rôti va être carbonisé.

— J'ai un peu peur, dit-il.

— Moi aussi, figure-toi. On peut quand même essayer de se parler.

— On peut.

— Fais ça vite. »

Elle avait raccroché et il demeurait là, figé, le récepteur contre l'oreille. Il finit par se lever, reposa le récepteur et sortit. En attendant qu'un taxi passe, il soupçonna pour la première fois depuis leur rupture qu'elle aussi avait dû être très seule, chez elle, quand Patrick était au lit. Seule avec le sentiment d'avoir été trahie. Et cela lui parut monstrueusement injuste, pire que tout ce qu'il avait pu endurer, lui. Mais l'important, c'est de l'écouter, ne pas bluffer comme d'habitude, ça ne prendrait plus, de toute façon, et moi-même, j'y crois plus. Peut-être qu'elle veut simplement m'aider à sortir de là parce qu'au fond elle doit savoir qu'elle est plus forte que moi et que, sans elle, je ne vaux pas cher.

Il avait renoncé au taxi, il marchait à grandes enjambées, sans même se rendre compte qu'il pleuvait, une de ces pluies lentes et denses qui durent des jours entiers et des nuits. Il avait l'impression d'être n'importe qui, ni meilleur ni pire qu'un autre, un pauvre type à qui on donne une dernière chance.

Une image de la vie

La journée avait été plus longue que jamais, et il attendait, l'imperméable sur le bras, que le gérant lui fasse signe de partir. Il serait six heures dans moins de dix minutes. La fatigue lui tirait les traits, comme en témoignait la glace devant laquelle il se trouvait. Tout ce qu'il avait dans l'estomac, c'était un sandwich aux œufs et un café. Ce fut à ce moment-là qu'elle poussa la porte. Il ne la remarqua pas tout de suite, occupé à rouler une cigarette, vieille habitude qui agaçait les gens, mais à laquelle il s'accrochait sans trop savoir pourquoi, comme s'il avait vu là un trait essentiel de sa personnalité, une marque distinctive. Dès qu'il leva les yeux, cela lui alla au cœur et au ventre, un coup violent qui lui coupa le souffle. C'était elle, la cliente, qui, la veille, s'était assise en lui présentant ses bottes. Plutôt grande mais pas trop, finement maquillée, à la fois mince et charnue, comme le sont parfois les Italiennes, les traits du visage très marqués, presque sévères quand elle cachait ses cheveux sous un béret. La veille, ils lui coulaient sur les épaules comme de l'huile.

Il n'avait pas eu le temps de se précipiter vers elle, le gérant l'ayant déjà prise en charge, séduit par son luxe vestimentaire. Il alluma sa cigarette en se sentant volé. Elle rapportait les souliers qu'on lui avait vendus la veille, disait-elle d'un ton maussade, et qui lui blessaient les pieds. « Manque d'expérience de la part du vendeur », répliqua suavement le gérant en l'entraînant vers les étalages. Il l'aurait tué, celui-là. La cliente n'avait même pas daigné lui jeter un coup d'œil. Le gérant lui dit qu'il pouvait partir. Il hésita un moment, le cœur battant, puis il ouvrit la porte de la boutique. La pluie avait cessé, mais son odeur persistait. Il traversa la rue sans regarder et s'attabla à la terrasse presque déserte en cette froide fin de journée. Il commanda un café, l'œil braqué sur la porte, en proie à l'émotion qui l'avait saisi quand elle lui avait tendu la jambe pour qu'il retire sa botte, à genoux devant elle. Il le revoyait très nettement, ce pied dont les orteils étaient parfaitement proportionnés, avec leurs ongles comme des perles incrustées dans la chair brune. Et il lui semblait humer de nouveau le parfum de cette chair que le cuir avait chauffée.

C'était elle qui lui avait demandé le soulier à talon haut qu'une fine courroie attachait à la cheville tandis qu'une simple bande cernait le pied, juste au-dessus des orteils, les laissant s'épanouir et même déborder légèrement. Il avait frissonné au contact de la peau tiède et douce en bafouillant que ça lui allait très bien. Elle attendait, jambe croisées, qu'il retire l'autre botte, mais lui, ébloui par le pied qu'il venait de chausser, s'était oublié là. Il s'était excusé et lui avait emprisonné l'autre pied dans la chaussure qu'il étreignait nerveusement.

Il se rappelait les minutes d'indécision, les cent pas qu'elle avait faits devant la glace avant de lui demander abruptement, d'une voix un peu rauque, ce qu'il en pensait. Il aurait voulu lui dire que ces souliers-là lui galbaient merveilleusement les pieds, mais il s'était contenté d'un banal compliment d'usage. Elle avait poussé un soupir d'agacement, comme si elle avait attendu mieux de lui. Elle s'était rassise et il avait détaché les courroies en regrettant de ne pouvoir caresser la tendre chair moite de la plante de son pied. Elle avait simplement dit qu'elle les prenait. Il s'était dirigé vers le comptoir où il avait emballé les chaussures dont la couleur crème faisait ressortir le brun de sa peau. Elle avait payé sans un mot et elle était partie en laissant dans la boutique un peu de son parfum et l'angoissant souvenir de sa beauté.

Le temps ne passait plus. D'autres clientes s'étaient présentées, les unes dotées de pieds simplement convenables, les autres affligées d'orteils difformes ou mal assortis, aux ongles cassés ou mal entretenus. Il avait essayé de ne pas les voir et de conserver, intacte, l'image fulgurante des pieds de la cliente qui se trouvait maintenant entre les mains du gérant. Elle finit par sortir, sac à la main. Il paya le café qu'il avait à peine goûté et se précipita dehors, mais elle avait déjà hélé un taxi, et il resta là un bon moment à se répéter qu'il ne la reverrait peut-être jamais. Il enfila son imperméable et se promena longtemps, une heure sinon davantage, comme il le faisait, adolescent, pour se fatiguer et mettre ainsi fin aux élancements du désir. La rue Sainte-Catherine était déserte à cette heure-là. Il finit par s'arrêter dans un délicatessen où il avala un smoked-meat un peu gras, tout en essayant de lire un roman d'Asimov qu'une amie lui avait prêté un mois plus tôt, mais rien à faire, il ne marchait pas. C'était un univers qui lui demeurait étranger, privé de saveurs familières, trop éloigné de son expérience de la vie, se promit-il de lui dire quand il la reverrait.

Et pourquoi pas ce soir ? se demanda-t-il. Il roula une cigarette qu'il alluma en se réfugiant dans l'entrée d'une rôtisserie dont l'haleine lui fit regretter de s'être contenté d'un smoked-meat. Et il se mit à imaginer ce que serait sa soirée s'il se rendait chez elle : on écouterait Theodorakis en buvant du Samos, c'était devenu une habitude qui lui plaisait maintenant, et puis quoi ? Elle finirait, comme d'habitude, par se coller contre lui et il lui gratterait le dos, et ils feraient l'amour calmement — à croire qu'ils n'accomplissaient rien de plus qu'une tâche agréable, bien sûr, mais dépourvue de toute émotion. Elle était jolie, un peu grasse, et bon public quand on avait envie de plaisanter. Mais, après l'amour, immanquablement, elle l'incitait à quitter son travail et à l'emmener en Grèce où, croyait-elle, la vie était une fête du matin au soir. Il finissait par lui avouer que la seule chose qui le retenait ici, prisonnier de son travail à la boutique, c'était les heures qu'il passait à peindre chez lui, le soir ou tôt le matin, bien que peindre fût un grand mot pour qualifier ce à quoi il se vouait depuis des semaines, de simples esquisses au fusain représentant toujours le même visage de femme dont le vide l'épouvantait parfois. Et il en était à se demander s'il ne ferait pas mieux de renoncer à cette obsession qui lui prenait ses rares heures de loisir, qui lui mangeait le meilleur de sa vie, en fin de compte.

Il quittait l'atelier où il vivait depuis qu'il avait mis fin à ses études et il descendait errer dans les rues avec une gourmandise insatiable, flairant les odeurs, dévorant les visages, un vrai loup, mais rien ne le satisfaisait vraiment, comme s'il n'arrivait pas à saisir la vie telle qu'elle était, et c'était cette faim qui le ramenait chez lui où il se remettait à l'œuvre en espérant y trouver une image de la vie, rien de plus. Mais tout ce qu'il arrivait à extraire de sa chair, c'était ce même visage obsédant qui lui révélait sa propre terreur.

Il y avait d'ailleurs des jours où il maudissait cette existence clandestine et parfaitement gratuite en se disant que c'était peine perdue, pure folie, car comment trouver sa propre voie dans l'inextricable chassé-croisé des voies déjà ouvertes ? Mais il se secouait, il envoyait promener l'histoire de l'art et il fonçait à l'aveuglette dans ce qui lui apparaissait bientôt, dès qu'il butait sur un obstacle, comme un inévitable cul-de-sac. L'envie le reprenait de retourner dans les tavernes crasseuses du centre-ville où ses camarades cuvaient leur bière et leur amertume quand ils en avaient assez de s'abrutir de travail dans l'isolement de leur atelier. Mais il n'osait pas, s'étant exclu en quelque sorte de la communauté en acceptant un travail si peu compatible avec l'art, bien qu'il eût pu prétendre avoir besoin de cette confrontation quotidienne pour ne pas perdre contact avec le monde. Il les connaissait trop pour croire qu'ils avaleraient une énormité pareille. Il passerait simplement pour un renégat. Lui-même avait déjà jugé sévèrement des camarades réduits par la nécessité à des compromis du même genre. Cela l'avait finalement acculé à une solitude presque totale.

Seul l'âpre désir charnel lui donnait encore le sentiment d'exister et il s'y enfermait, sourd à tout le reste, acceptant un peu mieux la tyrannie du travail, les heures creuses des premiers jours de la semaine et le salaire dérisoire qu'il en tirait. Il suffisait d'une cliente comme celle qu'il avait servie la veille pour se sentir revivre, même s'il savait que cela ne serait rien qu'une aventure imaginaire et qu'il sombrerait bientôt dans une mélancolie qui n'aurait aucun effet salutaire sur son art. Et quand il n'en pouvait plus, il rendait visite à Claire dont la bonne humeur le réconciliait avec l'existence.

Il ventait toujours, un vent froid qui le faisait grelotter, et il se mit à l'abri dans l'entrée d'une salle de cinéma, tenté par l'espèce d'abandon et d'oubli de soi où les histoires des autres le plongeaient. Il sortait de là rasséréné, comme s'il avait trouvé dans le spectacle la réponse qu'il attendait. Il voyait jusqu'à trois films par semaine, même ceux qu'il avait déjà vus et qui avaient le mérite de lui procurer le sentiment d'une plénitude. On présentait *Délivrance* ce soir-là, et il l'aurait revu, mais il se rappelait encore l'angoisse qu'il avait ressentie devant le jeune joueur de banjo, un demeuré au crâne rasé que la musique sauvait momentanément de la misère dont son regard éteint disait toute la profondeur. Cette quête d'une autre vie — cette impossible délivrance —, il la poursuivait, lui aussi, à sa manière, mais sans l'entrevoir autrement que d'une manière fugitive et maladroite. Il avait besoin de voir quelqu'un, d'écouter de la musique et de rire comme un fou. Claire habitait tout près de la montagne. Il s'y rendit d'un bon pas, respirant l'odeur des premières feuilles qui macéraient dans les flaques d'eau. L'automne serait bientôt là, dans moins de deux semaines, ça se sentait. Et ça le réconfortait parce qu'il n'appréciait pas tellement l'humide été montréalais. Personne ne voulait le croire quand il prétendait que l'été lui puait au nez et qu'il préférait l'air vif d'octobre, l'odeur des premiers froids et la neige. Il lui venait alors une violente envie de vivre et de travailler.

Il faillit repartir après avoir longtemps attendu qu'elle lui réponde, se reprochant d'ailleurs de n'avoir pas téléphoné comme c'était entendu depuis toujours. Mais la porte s'ouvrit au moment où il allait tourner les talons, et Claire lui apparut dans l'embrasure, en robe de chambre, ses cheveux blonds ébouriffés. « Tu dormais ? demanda-t-il d'un air embarrassé.

— J'essayais. »

Elle avait bu, il le sentit en l'embrassant très vite, et elle avait pleuré, elle qui donnait d'habitude l'impression d'être au-dessus de tout. « Qu'est-ce qui se passe ? » demanda-t-il en apercevant les vêtements pêle-mêle, les verres sales, les magazines et les journaux qui traînaient par terre, les bouteilles vides, désordre si inhabituel qu'il flaira tout de suite le drame. « Je boirais bien quelque chose », dit-il, empoignant la seule bouteille encore pleine et remplissant un verre qu'elle repoussa. Il en but une gorgée, puis posa le verre sur la table tachée de cernes. Elle s'était affalée sur le canapé, le regard absent. Il ne l'avait jamais vue dans cet état et il ne trouvait rien à dire. Après avoir ramassé les vêtements qui encombraient le fauteuil, il les rangea dans la garderobe de la chambre où régnait le même fouillis. Il en profita pour étendre les draps et les couvertures, ouvrir la fenêtre et remettre le réveille-matin à l'heure.

Quand il revint dans le salon à peine éclairé, elle gisait, recroquevillée, le visage enfoui dans un coussin où s'étouffaient ses sanglots. Il s'assit près d'elle, honteux de s'entendre respirer, et posa doucement la main sur sa nuque. Cela dura un long moment au cours duquel il chercha sans les trouver les mots qui auraient convenu. Mais peut-être valait-il mieux laisser la douleur faire son temps. Puis, cessant d'étreindre le coussin, elle se redressa et le regarda dans les yeux : « Jean-Pierre s'est tué. » Il attendait la suite, un peu surpris de cette déclaration abrupte, se demandant qui était ce Jean-Pierre dont il entendait parler pour la première fois. « J'aurais jamais dû lui faire ça…

— Lui faire quoi ? »

Elle avait fermé les yeux et lui pétrissait la main entre les siennes. Ses ongles lui mordaient la peau. « L'obliger à choisir, quelle folie ! Mais j'en pouvais plus, moi, de l'attendre, sans jamais savoir… » Elle n'en dit pas plus. C'était comme s'il faisait irruption dans la vie d'une inconnue. Il y avait des années qu'ils se voyaient, trois ans au moins. Ils avaient fait l'amour combien de fois ? Quelle importance, d'ailleurs ? Il avait la preuve que cela avait répondu, chez elle, à un simple besoin physique, et il en souffrait bêtement, comme d'une révélation humiliante pour lui. Ils étaient bien ensemble et c'était ce bien-être qui les avait conduits aux caresses, rien d'autre, alors qu'est-ce qui t'étonne ? se demandait-il. Dans la pénombre, ses yeux pâles avaient l'éclat du verre. Il lui prit le visage et elle se colla contre lui, le corps secoué de sanglots. « Laisse-toi aller », dit-il. Elle avait replié les jambes contre son ventre et son pied lui pressait le sexe. Il eut honte du désir qu'il éprouvait en un pareil moment. Lentement, son corps se détendit, de plus en plus lourd dans ses bras. Elle avait l'ample respiration d'une dormeuse. Il attendit encore un peu avant de se défaire de sa molle étreinte. Puis il roula une ciga-rette devant la fenêtre qui donnait sur la montagne noyée dans le crépuscule brumeux. Moi, je ne pourrais pas, se répétait-il en pensant au suicide de cet inconnu — comment l'avait-elle ap-pelé ? Aussi absurde qu'elle soit, on n'a qu'une vie, et vite passée. Ça lui nouait la gorge : qu'on aille de son plein gré vers la mort, c'était inacceptable. Il se mit à regretter de ne pas s'être réfugié au cinéma, mais il se reprocha aussitôt son égoïsme : Claire aurait continué à boire et à pleurer toute seule.

Il se rappela qu'il lui rapportait le roman d'Asimov et il le rangea dans la bibliothèque. Il essaya de lire un des contes de la Bécasse, mais l'épouvante le paralysait, une épouvante dont il n'arrivait pas à se délivrer et qui éclatait dans le fusain accroché au mur, juste au-dessus de la lampe qu'il venait d'allumer. Il lui avait apporté ce visage de femme deux ou trois mois plus tôt. La couleur l'écœurait depuis un bon bout de temps, et c'était d'autant plus curieux qu'il avait toujours vénéré Courbet, même s'il n'avait jamais osé l'avouer à ses camarades de l'École. Mais peut-être était-ce faute de temps qu'il s'en tenait au fusain. Il dessinait pour ne pas perdre la main, comme il disait, mais aussi dans l'espoir de voir surgir cette image de la vie qui l'apaiserait enfin.

Il reprit du vin en regardant Claire dormir dans la lumière qui lui dorait la peau, puis il s'agenouilla près du canapé en posant sa tête contre son ventre, attentif au langage gargouillant qui l'enchantait, comme si la vie lui était rendue — cette vie qui trop souvent lui échappait et que les femmes gardaient vivante dans leur chair. Et lui, pauvre homme, était voué à la poursuivre. Il comprit alors, non seulement la véhémence du désir qui le jetait aux pieds des femmes, mais aussi l'humilité extrême qu'il ressentait devant elles. Claire poussa un long soupir et son corps se déploya de tout son long, à demi découvert. Il lui effleura le front d'une main tremblante et elle chuchota sans ouvrir les yeux : « C'est toi ? » Mais il ne dit rien, croyant à ce moment-là qu'elle le prenait pour l'autre, celui qu'elle avait tant attendu et qui était mort. Il sentit la paupière s'ouvrir comme une aile délicate sous ses doigts. « Le pire, dit-elle, c'est que je ne l'aimais plus, je veux dire pas comme avant. Mais je l'ai quand même obligé à choisir. J'étais sûre que c'était fini, tu comprends ? Qu'il choisirait sa femme. » Elle respirait bruyamment, et il pressentit le reflux de la souffrance. Il aurait voulu lui dire d'oublier ça que c'était un accident et rien d'autre, mais il se contenta de lui serrer la main. « Tu m'écoutes ?

— Je t'écoute.

— Il a toujours été gentil avec moi, c'était un ami de mon père, on se connaissait depuis au moins vingt ans. Il passait ici en coup de vent, à peine si on avait le temps de se parler. Il disait qu'il avait besoin de moi, mais qu'il ne pouvait pas faire ça à sa femme. Je veux dire l'abandonner pour vivre avec moi. J'arrivais à me passer de lui, et puis il revenait, et ça recommençait. On aurait dû cesser complètement de se voir. Il se sentait toujours coupable quand il repartait. J'avais l'impression qu'il aurait été plus heureux si j'avais eu la force de sortir de sa vie, de m'en aller sans lui laisser d'adresse. Mais quand je lui proposais d'en finir, c'était affreux. On remettait ça à plus tard. Ça faisait des mois qu'on se torturait. Quand il est venu avant-hier, je lui ai dit que c'était la dernière fois que je le recevais comme ça entre huit et neuf heures. Il n'a pas bronché, il m'a demandé un répit. J'ai dit non. Je le vois encore avec son journal sous le bras. Il montait toujours avec son journal, demande-moi pas pourquoi. Je le vois encore se retourner et sortir sans dire un mot, même pas bonsoir. Dix minutes après, je m'en voulais. Mais pas question d'appeler à la maison, il me l'avait défendu.

— Comment l'as-tu su ?

— En téléphonant à son bureau le lendemain matin.

— C'était peut-être un accident. »

Elle s'était tue, elle suait. Il cessa de la caresser, lui tenant simplement la main. « J'aurais bien voulu croire ça, j'ai essayé, mais c'était par lâcheté, pour ne pas me sentir coupable. Je le connaissais assez pour savoir qu'il n'aurait jamais foncé à toute vitesse, même sur l'autoroute. C'était la prudence même.

— Tu as parlé à sa femme ?

— Pourquoi ? »

Elle frissonna et ramena sa robe de chambre sur elle. « Tu dois me trouver affreuse.

— Pas du tout. »

Et il la serra contre lui. « J'ai besoin de toi, dit-elle, tu peux pas savoir à quel point. J'ai failli t'appeler au moins cent fois depuis hier.

— T'aurais dû le faire.

— J'osais pas.

— C'est bête parce que moi, quand j'en peux plus, qu'est-ce que je fais, tu penses ? Je cours te voir. »

Ils se taisaient, écoutant la pluie qui tombait lentement. Et il se sentit trempé jusqu'à la moelle. Il lui lécha les yeux. « Tu m'emmenes chez toi ? répéta-t-elle.

— Aussi longtemps que tu veux », dit-il.

Il n'avait plus peur de la mort maintenant, ni même du vide où il errait trop souvent comme si la vie se dérobait à son regard, parce que Claire lui ouvrait le refuge de son inépuisable chaleur.

Ceux qui attendent

I

Elle vient de lui servir son troisième café et pour la troisième fois il l'a remerciée en rougissant jusqu'aux tempes. Un grand bonhomme, pourtant, dans la trentaine, pas le genre de clients qu'elle sert d'habitude, trop bien mis, cravate et chemise blanche, le veston boutonné malgré la chaleur. Presque personne ce soir, sauf ceux qui entrent pour acheter des cigarettes. Lui seul reste là, regardant sa tasse de café ou bien dehors quand un passant attire son attention, mais rarement.

Elle, tout ce qu'elle attend pour enfin prendre un bon bain, c'est que minuit arrive. Plus elle le regarde, plus il lui rappelle quelqu'un, mais qui exactement, c'est comme le titre d'un film ou un nom, on n'arrive jamais à le trouver quand on le cherche. Tout à l'heure, il a ouvert la petite valise de cuir brun posée sur la banquette, à sa droite, et il a regardé dedans avant de la refermer. Elle a d'abord cru qu'il attendait quelqu'un, puis elle s'est dit que finalement il avait du temps à perdre avant de prendre son train — on est à deux pas de la gare, et il y en a qui préfèrent venir attendre ici plutôt qu'à la gare.

Pas très bavard, en tout cas. Elle a risqué une allusion à la chaleur en lui servant son deuxième café, mais il s'est contenté de lui donner raison, sans avoir l'air plus convaincu que ça.

D'ailleurs, s'il avait vraiment eu chaud, il aurait commencé par enlever son veston marine. Qu'est-ce qu'il peut bien faire dans la vie ? Commis-voyageur, probablement. Non, pas lui. Trop sérieux pour ça. Professeur, elle en mettrait sa main au feu, quoique l'été ils soient tous partis en voyage ou à la campagne. S'il avait été plus causant, elle aurait pu le lui demander, mais la première fois qu'un client se présente, on ne peut pas faire les premiers pas sans avoir l'air effronté.

Elle regarde l'horloge de Coca-cola qui marche au ralenti : encore deux longues heures à attendre derrière le comptoir. Si au moins le Grec se décidait à acheter un appareil de télévision, le temps passerait plus vite, mais quand elle a lu le journal, elle n'a plus envie de rien lire, même pas le roman qu'elle a dans son sac à main ; elle le commencera quand elle sera étendue dans la baignoire avec un grand verre de limonade. Il fait trop chaud et puis elle en a jusque-là de voir que les autres finissent toujours par rencontrer l'homme de leur vie, mais elle jamais. Des ivrognes ou des obsédés qui veulent passer la nuit dans son lit, elle ne les compte plus. Les hommes qui vaudraient la peine qu'elle couche avec, ils ont autre chose à faire que venir commander des frites ou du café. Elle ne sait même plus ce que c'est, coucher avec un homme, depuis le temps qu'elle a décidé d'attendre la bonne occasion — celle qui changera sa vie du tout au tout.

Lui, il ne serait pas si mal, et même plutôt bien, seulement trop timide, trop peu sûr de lui. Les fanfarons courent les rues, mais elle ne peut pas les sentir. La plupart du temps, ils n'y vont pas par quatre chemins avec une serveuse de restaurant, ils s'imaginent que tu vas tout leur donner pour un clin d'œil. C'était le genre de Richard, son dernier : toujours en retard et jamais d'explications. Même pas capable de te caresser un peu, il fallait que tu jouisses aussitôt qu'il s'écrasait sur toi. Elle l'avait supporté longtemps, pas loin d'un an, toujours le même, se faisant servir comme un bébé et trouvant le moyen de tout critiquer. Le jour où elle l'avait mis à la porte, il ne comprenait pas pourquoi : il avait même été jusqu'à lui lancer, en plein corridor pour que les voisins l'entendent, qu'elle n'en trouverait pas un de sitôt pour passer la nuit avec elle, vache comme elle l'était. Parce qu'en revenant du restaurant il aurait fallu qu'elle s'empresse de satisfaire les caprices de monsieur. Elle s'était dit que des salauds pareils, elle n'en laisserait plus entrer chez elle.

Elle ouvre la radio : Iglesias chantait de sa voix chaude et vibrante quelque chose de beau, on le devinait même sans comprendre les paroles. Mais la chanson tirait à sa fin et voilà deux ou trois messages publicitaires. Elle ferme la radio et, comme elle se retourne, elle surprend le regard du client qui détourne aussitôt la tête. Elle regrette d'avoir mis cette robe qui la grossit un peu, mais c'est la plus légère qu'elle a, à part la blanche qu'elle porte pour sortir et qui l'avantage, mais un peu trop décolletée pour le restaurant. Elle l'avait mise une fois et ç'avait été la dernière : toute la journée, elle avait dû supporter les farces plates et les grands yeux des clients. « Vous prenez le train ? » finit-elle par demander, mine de rien, tout en refermant *Le Journal de Montréal*. Mais il ne répond pas, l'esprit ailleurs, puis, l'air surpris : « Me parlez-vous à moi ?

— À qui d'autre ?

— Excusez-moi, dit-il, j'étais distrait. »

Comme si ça répondait à sa question, il se lève et se rend aux toilettes pour la deuxième fois depuis qu'il est arrivé. À son retour, elle lui demande s'il veut quelque chose. Il hésite, un peu embarrassé, comme s'il craignait d'abuser : « Je prendrais peut-être un sandwich si ça ne vous dérangeait pas trop.

— Je suis là pour ça, voyons. Un sandwich à quoi ?

— Au poulet ou aux œufs, ça m'est égal.

— J'ai les deux.

— Au poulet, disons. Avec un autre café. »

Elle lui apporte son sandwich et il lui sourit en la remerciant.

Elle n'avait pas encore remarqué qu'il a de beaux yeux, pas tristes du tout, plutôt brillants même. Elle s'attarde un peu à nettoyer la table voisine. « Vous êtes déjà venu ici, je le jurerais.

— Moi ? Une fois ou deux, mais ça fait déjà un an, sinon plus.

— Me semblait vous avoir déjà vu. Vous prenez le train ?

— Eh, oui… soupira-t-il. Je devrais, mais je n'en ai pas tellement envie.

— C'est certainement pas la chaleur de Montréal qui vous retient », dit-elle en riant. Il rit, lui aussi, mais mal à l'aise, rougissant encore. « Vous habitez loin ?

— À Ottawa. Autant dire à l'autre bout du monde.

— Vous avez souvent affaire à Montréal ?

— Une fois par mois. Rarement plus, malheureusement. »

Il n'ose pas toucher à son sandwich, probablement à cause d'elle. Elle s'éclipse derrière le comptoir où elle se sert un verre de thé glacé. Il regarde dehors tout en mastiquant lentement. Son sandwich avalé, il boit une gorgée ou deux de café et se lève, sa valise à la main. « Il faut quand même que j'y aille. Mon train part à onze heures. Je vous dois combien ?

— Une minute, dit-elle en consultant son carnet d'additions. Trois cafés et un sandwich, ça fait quatre dollars. »

Il lui présente un billet de cinq dollars, elle lui en rend la monnaie qu'il laisse sur le comptoir en lui souhaitant une bonne fin de soirée. Elle le voit hésiter devant la porte et puis disparaître dans la nuit chaude, très droit avec sa petite valise. Qu'est-ce qu'elle a encore imaginé ? Qu'il resterait jusqu'à la fermeture et qu'à ce moment-là il lui offrirait de la raccompagner jusque chez elle où elle l'inviterait à prendre une limonade, qu'ils écouteraient un disque en s'avouant les grands secrets de leur vie et qu'après, vers le matin, dans la fraîcheur de cette nouvelle journée, il lui dirait : « Je ne peux plus me passer de vous, partons ensemble, voulez-vous ? » Elle lui répondrait : « Vous êtes fou. »

Et lui : « Je ne l'ai jamais moins été que maintenant. » Et elle regarderait autour d'elle sans comprendre comment elle avait pu vivre si longtemps dans cet appartement. Il ne rougirait plus quand elle lui tendrait la main, il se contenterait de sourire.

II

Il marcha jusqu'à la gare devant laquelle il erra un bon moment, portant sa valise de la main droite, puis de la gauche, et se répétant qu'il n'était pas trop tard pour revenir sur ses pas, franchir de nouveau le seuil du snack-bar et dissimuler son malaise en demandant des cigarettes. Il pouvait en fumer autant qu'il voulait et cesser dès qu'il le désirait. Mais tu n'oseras pas, pensait-il. Le truc du paquet de cigarettes, elle n'en serait pas dupe tout de même. Le mieux serait encore de ne rien dissimuler et de lui avouer carrément qu'il avait renoncé à prendre son train. Elle rirait probablement de son rire de gorge. Il s'assoirait sur un tabouret et commanderait un café — non, pas un café, il en était gorgé. Mais une simple eau gazeuse, un coca-cola avec une tranche de citron si c'était possible. Il l'interrogerait, mais sans forcer l'intimité, sur son travail au snack-bar. C'était sa vie, après tout. Il verrait alors, selon ses réponses, s'il pouvait s'aventurer plus loin. Elle avait peut-être un enfant qu'elle élevait toute seule ; le jour, c'était une voisine qui prenait soin de lui. Mais peut-être qu'il n'y avait pas d'enfant dans sa vie, qu'elle vivait avec sa vieille mère ou bien avec une copine qui travaillait dans une manufacture. Il imaginait tout ça dans le détail, d'après de lointains souvenirs d'adolescence, quand il en était encore à fréquenter les filles de son quartier, vieillies prématurément par l'obligation de travailler pour aider leur famille ou simplement parce qu'elles en avaient assez de l'école où elles perdaient leur temps puisque, de toute manière, elles n'iraient guère plus loin que leurs mères, selon l'obscure conviction des gens à qui la vie ne promet rien.

Lui, il avait pu fuir ce monde-là, grâce à ses études, et il avait émigré dans un quartier habité par des étudiants, des professeurs et des artistes ; sa famille aussi avait déserté ce quartier en s'installant dans le nord de la ville, là où, comme on disait, vivait « une belle classe de gens » — petits employés, commerçants, ouvriers spécialisés et rentiers. Le temps n'avait fait qu'aviver la nostalgie qui le ramenait régulièrement dans son quartier d'origine avec chaque fois l'espoir — l'illusion plutôt — qu'il rencontrerait enfin le sosie de celle qui avait fini par devenir l'image même du mythe dont il était la proie, cette femme-fantôme qu'il poursuivait sans relâche depuis des années. Avec les femmes cultivées ou simplement aisées, ce n'était pas possible, le contact demeurait superficiel, sans écho en lui, comme avec les hommes. Il n'y avait que les femmes du genre de la serveuse, familières mais sans la moindre vulgarité, qui donnaient à la vie toute sa consistance et tout son sens à la parole. Peut-être parce qu'en leur présence il se sentait redevenir celui qu'il n'avait pas cessé d'être. Mais il ne savait pas vraiment et ne tenait pas à savoir ce qu'il en était. Il aurait seulement voulu se délivrer de l'espèce de paralysie qui le prenait au moment de nouer contact et le faisait fuir, finalement, devant ce qu'il croyait être son destin. De crainte d'être mal jugé ou, pire encore, d'être remis à sa place. Il arrivait pourtant, comme ce soir, que c'était elle qui prenne les devants et lui tende la perche, mais une prudence excessive le retenait de mordre à l'hameçon. Oui, c'était l'explication la plus plausible : la crainte de découvrir que c'était une chimère qu'il poursuivait ainsi, par un besoin devenu maniaque, dans les rues, les magasins et les minables restaurants de son quartier natal. Cela remontait loin, d'ailleurs, jusque dans son enfance quand, la classe terminée, il rasait le mur de bois gris de la prison des femmes, le cœur battant à la pensée qu'une prisonnière allait l'escalader et l'emmener il ne savait dans quel obscur repaire où il jouerait son rôle d'otage avec une complaisance qui le troublait encore quand ça lui revenait.

Plus il pensait à la serveuse, plus il s'en voulait : elle était parfaitement conforme à celle qu'il cherchait, aussi bien dans ses manières que dans ce qu'il avait cru deviner chez elle, cette curiosité apparemment désinvolte qui devait cacher, du moins se plaisait-il à le croire, une grande générosité. Qui sait, elle avait peut-être été une voisine. Elle avait d'ailleurs semblé le reconnaître malgré son déguisement de voyageur tiré à quatre épingles. Le sentiment d'avoir échoué encore une fois était plus vif que jamais, et le désarroi l'accablait, pas seulement le désarroi mais un désespoir d'une violence inhabituelle. Il allait probablement se précipiter, d'une minute à l'autre, dans l'affreuse solitude de la gare et s'affaler sur la banquette, victime d'un chagrin qui achèverait de fermenter et de tourner en amertume. Et il se débattrait contre la tentation de se rendre au bar boire deux ou trois verres après avoir tenu bon vingt ou trente minutes, c'était fatal. Ou bien, comme ça lui était déjà arrivé, il reviendrait sur ses pas hanter un long moment les environs du lieu où elle se trouvait encore, sans parvenir cependant à se résoudre à y pénétrer. Je te donne une dernière chance, se dit-il. Une dernière, et si tu n'en profites pas, tant pis pour toi. Cela dit, il regarda sa montre. Dans quinze minutes, il serait trop tard pour prendre son train. Il sentait la sueur lui coller à la peau, mais il pressa le pas, se disant que le plus tôt serait le mieux. Il engagerait franchement la conversation, sans détours inutiles. Elle serait sûrement surprise de le voir revenir. En quel honneur ? demanderait-elle. Et lui, souriant ou essayant de sourire, il répondrait : « Vous ne devinez pas ? » Pas plus malin que ça ; et la suite devrait se dérouler tout naturellement, du moins selon le scénario qu'il avait maintes fois imaginé. Le plus difficile, c'était d'entrer sans avoir l'air embarrassé et de se présenter avec la simplicité de l'évidence même, comme si c'était tout à fait naturel qu'il revienne.

Il y était maintenant : pas devant la porte, mais tout près. Et il l'aperçut, accoudée au comptoir, la chaleur lui frisant les cheveux sur les tempes. Elle écoutait un policier qui lui en racontait une bonne avec des gestes démesurés. Elle ne riait pas vraiment, mais il pouvait la voir sourire. Ce n'était pas le moment d'entrer. Attendons, se dit-il, en proie à l'angoisse trop familière, mais soulagé en même temps d'avoir une bonne excuse pour retarder la confrontation. Il fit marche arrière sans se presser, comme s'il avait été un simple badaud. Un badaud qui traîne une valise, se dit-il. Deux jeunes hommes dégingandés passèrent en lui adressant un sourire équivoque. Il se sentait de plus en plus agacé de déambuler ainsi avec cette valise qui l'encombrait inutilement, et il revenait sur ses pas, aux abords du snack-bar où le policier en avait une autre à raconter, et puis une autre, mais il faudrait bien, se disait-il, qu'elle pense à fermer boutique. À quelle heure exactement, il avait omis de le lui demander. Et pourquoi l'aurait-il fait ? Par simple curiosité, par intérêt pour elle. S'il n'entrait pas avant la fermeture, il serait forcé de l'accoster dans la rue, et ça ne se faisait pas, du moins lui ne le pourrait pas, élevé comme il l'avait été. Des solitaires émergeaient, éblouis par les lumières de la rue, d'un salle de cinéma porno.

Il aurait volontiers fumé une cigarette avec l'air de se trouver là par hasard plutôt que de faire les cent pas pour tuer le temps, et il pensait que plus il tardait à agir, pire ce serait, peut-être même impossible. Il venait tout juste de tourner le dos au snack-bar et de remonter vers Sainte-Catherine lorsqu'elle verrouilla la porte tout en écoutant le monologue du policier. Mais cela, il ne le vit pas, captivé un moment par les photos que le cinéma affichait en vitrine et qui venaient corroborer ce que les titres pouvaient avoir d'alléchant. Ce fut en revenant, quelques minutes plus tard, qu'il se rendit compte de la catastrophe : la porte fermée, la salle éclairée par l'horloge Coca-cola, le désert tout à coup. Il sacra à plusieurs reprises à voix haute en laissant choir sa valise. C'était trop absurde : tout ce temps à attendre, et il avait suffi qu'il tourne le dos pour qu'elle lui échappe. Encore une fois, dit-il, j'ai trop attendu. Mais l'angoisse l'avait quitté. Il ne ressentait plus qu'une de ces fatigues contre lesquelles on ne peut rien, même pas en se mettant au lit. Sa chemise était complètement trempée. Il retira son veston et reprit sa valise. Presque personne ne rôdait rue Sainte-Catherine, il faisait trop chaud, une de ces chaleurs qui vous forcent à vous réfugier chez vous ou dans les bars. Lui seul promenait son obsession en se demandant combien d'autres avaient cru, comme lui, que quelque chose leur arriverait ce soir-là, combien d'autres étaient rentrés chez eux avec le cadavre de leur rêve sur les épaules. Son destin immédiat lui paraissait prévisible puisqu'il serait la copie conforme de tant d'autres nuits : il continuerait encore d'errer dans les rues désertes, éclairées il se demandait pour qui, pour quoi, jusqu'à ce que la faim et l'épuisement le contraignent à pousser la porte d'un restaurant dont l'éclairage trop cru lui blesserait les yeux et à commander du café avec une pointe de tarte. Il achèterait des cigarettes qu'il fumerait en regardant les rares clients venus échouer là, couples taciturnes ou solitaires insomniaques à qui il prêterait toute son attention pour échapper au ressassement de son propre échec.

Oui, c'était ainsi que ça se passerait encore une fois. Et quand l'aube ferait pâlir les lumières de la ville, il paierait et sortirait humer l'air revigorant de cette nouvelle journée. Dans les vieilles rues, il n'entendrait que le claquement d'ailes des pigeons et le bruit de ses propres pas. Il connaîtrait alors cette familière sensation d'étouffement au moment de pénétrer dans la gare : tout rentrerait dans l'ordre, et lui aussi, simple voyageur se présentant au guichet pour acheter un aller pour Ottawa. Un retour, devrait-il dire.

Une victoire plus grande

Une neige douce lui fond sur le visage comme une caresse et il ouvre la bouche pour en avaler tout en déambulant dans la cohue de cette veille de Noël, un sac coincé sous le coude, avec l'impression d'être plus gros que d'habitude, peut-être parce que son manteau est déboutonné, et pourtant de passer inaperçu alors même que tout a changé dans sa vie — pas tout, non, mais presque tout. Il ne comprend pas comment il a pu, si longtemps, pas loin de dix ans maintenant, affronter le regard vide des mêmes étudiants en leur débitant de la même voix faussement enjouée les mêmes commentaires sur les mêmes auteurs. « Une nouvelle vie commence, Monsieur le directeur des communications ! » s'écrie-t-il à un moment donné, attirant sur lui l'attention de deux femmes d'un certain âge qui pouffent.

« Curieux, se dit-il, que personne ne m'ait appelé pour me souhaiter bonne chance, même Raoul ne m'en a rien dit quand je l'ai croisé. L'avis était bel et bien affiché au babillard. Il y a des mois que j'ai postulé l'emploi. Même lui… Comme si l'enseignement était un sacerdoce. Qu'est-ce qu'on fait quand on ne croit plus à son métier ? Je devrais le lui demander carrément. » Et pourtant il en avait mangé, de la littérature, autant sinon davantage que tous ses collègues, et pas seulement dans sa spécialité, pas seulement le théâtre contemporain comme Raoul, bien placé celui-là pour le soupçonner de défroquer par intérêt. Mais il avait essayé de lui expliquer qu'à force de tripatouiller là-dedans, il avait perdu cette espèce de gourmandise qui le faisait se jeter sur le dernier paru, bouquiner jusqu'à en avoir la nausée et pousser le zèle parfois jusqu'à comparer diverses éditions des pièces de Tchékhov. La première et unique fois où il lui avait fait part de son désir de solliciter le poste qu'il occuperait dès que les Fêtes seraient passées, Raoul lui avait demandé, un peu irrité : « Tu tiens tant que ça à avoir des subalternes et des frais de représentation ? » Façon de lui dire qu'il renonçait à comprendre ce qui lui arrivait. Et les choses en étaient restées là. Il y avait de fortes chances qu'ils se revoient sans le moindre plaisir, peut-être même avec cette sorte d'ennui que nous éprouvons en présence de vieilles connaissances auxquelles plus rien ne nous attache.

C'est la fin de l'après-midi, les passants pressent le pas, mais pas lui que personne n'attend. Il entre finalement dans un café où l'accueille une bonne odeur de café frais moulu. Il renverse une chaise d'osier en retirant son manteau de chat sauvage et s'assied dans un coin désert d'où il peut voir l'étroite salle qui compte sept ou huit petites tables couvertes d'une nappe à carreaux rouges et blancs. Durant un moment, il se rappelle l'Italie, le nord surtout où l'avait conduit sa passion pour Pavese à l'époque où il croyait retrouver dans les lieux un peu de la saveur des œuvres qu'ils avaient inspirées. Erreur, se dit-il. Les collines qu'il parcourait matin et soir ne lui apprenaient rien qu'il ne sût déjà sur l'auteur du *Bel été*. Elles avaient même perdu quelque chose de ce qui faisait leur charme dans les récits de Pavese. Oui, il se rappelle cette déception en savourant son expresso tandis que, devant lui, un couple dans la vingtaine savoure autre chose, une passion toute fraîche encore qu'il leur envie en se disant que ça ne durera pas, de toute façon. Ce serait agréable quand même de s'asseoir à leur table pour partager avec eux une joie trop rare. Il leur raconterait ce qui lui arrive, ce changement survenu à un moment où il commençait à ne plus l'attendre, et vous deux, dites-moi ce qui vous rend si beaux. Mais non, pas ça, voyons. Vous me prendriez pour un illuminé ou un obsédé en quête d'aventures.

Il dépose sa tasse et se lève pour payer. « Bonsoir », lui dit le jeune homme. Lui, pris de court, le regarde sans répondre. « Vous ne me replacez pas ? Vermette. Claude Vermette.

— Ah oui, dit-il, se rappelant vaguement avoir connu un Vermette dans un passé lointain.

— J'ai suivi votre cours sur Beckett il y a trois ans.

— Oui, oui, dit-il. Ça me revient. Comment ça va ?

— Bien, mais ça irait mieux si je trouvais du travail. Même avec un doctorat…

— À votre place, je me recyclerais.

— Dans quoi ?

— Dans quoi ? Là, vous m'en demandez trop. »

Vermette sourit en croyant qu'il plaisante, et lui, d'un signe de tête, le salue en se dirigeant vers la caisse. Il paie et reprend son manteau. Comme il ouvre la porte, Vermette accourt en lui disant : « Vous oubliez ça.

— Merci, mon vieux. Et joyeux Noël.

— À vous aussi. »

Il retrouve dans le brouillard de neige fine et dense cette certitude qu'inévitablement, il rentrera dans son appartement désert, en désordre depuis que sa femme de ménage l'a laissé tomber. Il se dit : « Je devrais m'y mettre ce soir, liquider tout ce qui concerne les cours, les notes accumulées, les travaux inachevés et même les ouvrages de référence qui m'encombrent. Un ménage en règle. Après ça, je me sentirai mieux. » Il marche encore un moment le long des magasins dont les portes happent les passants et dégorgent des clients accablés de colis.

Il hèle finalement un taxi en maraude et, tout en écoutant distraitement le bavardage du chauffeur, il regarde défiler les passants de plus en plus rares à mesure qu'ils s'éloignent du centre-ville. « C'est vrai, finit-il par dire, que vous n'avez pas toujours la vie facile…

— Sans compter qu'on risque de se faire étrangler comme c'est arrivé dimanche soir, à Lachine.

— Étrangler ?

— Dites-moi pas que vous en avez pas entendu parler ?

— Oui, dit-il, ça me revient.

— Ça arrive plus souvent qu'on pense, des histoires pareilles.

— C'est ici », le coupe-t-il.

Il lui donne un billet de cinq dollars en le remerciant trop vite, si bien que le chauffeur ne lui rend pas la monnaie. « Tant pis, c'est Noël », se dit-il en refermant la portière. En se retournant, il aperçoit, devant la porte de l'immeuble, un énorme chien, un berger quelconque, peut-être perdu ou simplement occupé à flairer les sacs de déchets entassés. « Ne pas avoir peur surtout, se répète-t-il. Ils sentent ça tout de suite. » Puis il s'avance à pas lents vers la porte. Au moment où il va poser le pied sur la marche de béton, le chien relève la tête et d'un bond agile le rejoint. « Beau chien, dit-il en s'immobilisant. C'est ça, sens-moi. » La truffe nerveuse lui frotte la jambe. « Couché », dit-il doucement. Mais le chien n'en finit pas de le flairer. « Couché », dit-il plus fort entre ses dents qui se mettent à claquer. Le chien s'est assis, avec dans le regard une patience infinie. Il se dit qu'il pourrait tenter quelque chose : entrer très vite et refermer la porte derrière lui, tant pis s'il lui coince une patte ou lui écrase le museau. Mais le hurlement éventuel de la bête, le sang qui coulerait, la panique qui le prendrait alors le retiennent, immobile et transi dans l'air humide de cette fin de journée. Comme il se résigne à attendre — mais quoi, au juste ? — il voit dans le vestibule un homme assez grand qui pose sur son crâne nu un chapeau comme on n'en voit plus de nos jours. Alors, sans réfléchir davantage, il pousse violemment la porte au risque de frapper l'homme qui s'apprête à sortir. Mais le chien n'a pas perdu une seconde, il est là, tout contre lui, l'œil luisant comme du verre, et l'homme les regarde, l'air outragé, avant de disparaître.

« Reste ici », finit-il par dire faiblement en se dirigeant vers l'ascenseur. C'est peine perdue, il s'en rend compte dès que les portes s'ouvrent avec un claquement plus sec que d'habitude, lui semble-t-il, et le chien s'étale devant lui, la langue pendante. Il regrette de ne pas avoir sonné chez le concierge. Les portes s'ouvrent, mais il hésite un moment, puis enjambe le chien en se précipitant vers son appartement. Au moment où il pose la main sur le bouton de la porte, il entend derrière lui le lent halètement du chien. Il se dit qu'une fois repu, il s'en ira. Parce que c'est la faim sûrement, il aurait dû y penser plus tôt, la faim et rien d'autre, il avait tort d'imaginer le pire. Le chien, sitôt entré, fait le tour de la pièce, puis disparaît dans la chambre. Lui, pendant ce temps, verse du lait dans un bol, y jette du pain et du fromage. La sonnerie du téléphone l'amène dans le salon avec le bol à la main qu'il pose par terre, devant le chien. C'est sa mère. Elle a essayé de le joindre toute la journée, dit-elle d'un ton maussade, et il se sent coupable, comme toujours. Il va bien, et elle ? Son arthrite la fait encore souffrir, le docteur a même augmenté sa dose de cortisone. Mon Dieu, pense-t-il, si elle pouvait parler d'autre chose. Le chien achève de laper le lait. Chaque fois qu'elle l'appelle, c'est pour se plaindre du médecin, le nouveau n'est pas meilleur que les autres, à peine s'il écoute quand on lui parle. « Que veux-tu, dit-il, ils sont pressés.

— Comment ça : pressés ? Tu vas pas te mettre de leur côté ? »

Il décide de la laisser se vider le cœur, se contentant de l'approuver, sinon ça pouvait durer des heures ; de toute manière, elle finira par lui demander quand il passera à la maison, il aura envie de lui demander pourquoi puisqu'elle lui aurait tout dit, enfin tout ce qu'elle dirait jamais, lui semble-t-il, résigné à entendre sa revendication trop familière pour le toucher vraiment, comme si, à la longue, s'était tarie en lui toute compassion. En avait-il d'ailleurs éprouvé pour elle ou même pour quelqu'un d'autre ? Elle venait de lui poser une question, sans aucun doute, car sa voix ne bourdonnait plus dans le récepteur, et il dit alors d'une voix qui s'efforçait à la jovialité : « J'ai un chien, un berger qui crevait de faim dans la rue. Tu devrais le voir, une belle bête. » Mais ce qu'il dit signifie exactement le contraire de ce qu'il ressent, c'est presque un appel au secours, il s'en rend compte aussitôt. Pas elle qui pourtant s'étonne : « Qu'est-ce qui te prend de t'encombrer d'un animal, toi qui n'as jamais pu sentir ni chien ni chat ?

— C'est fou d'avoir peur des chiens, vous me l'avez assez répété. »

Mais voilà qu'elle lui rappelle le chien, pas plus gros qu'un chat, qu'ils avaient gardé à la maison pour rendre service à son oncle et dont il avait si peur qu'il montait sur une chaise dès qu'il le voyait approcher. Il soupire en regardant le berger étendu de tout son long au milieu du salon, les yeux clos mais dressant l'oreille au moindre bruit, son de voix ou mouvement. Puis tandis qu'elle enchaîne, sans transition, avec la réception du jour de l'An, il entrevoit en un éclair la solution : il va sortir, le chien à ses trousses, et il ne lui restera plus qu'à rentrer, quitte à sonner chez le concierge cette fois. Sa mère lui demande s'il va passer à la maison à Noël, et il répond oui, mais il ne sait pas encore à quel moment, elle aimerait bien savoir s'il restera à manger et il dit : « Si ça ne vous dérange pas. » Elle lui demande pourquoi ça la dérangerait, il répond qu'il disait ça comme ça, et elle raccroche enfin.

Il met son manteau et se dirige vers la porte. Le chien a relevé la tête, mais sans se lever, même quand il l'appelle. Il revient sur ses pas, se risquant à tendre la main vers le chien apparemment endormi, sans aller jusqu'à le caresser pourtant. La peur lui serre la gorge, et il retire sa main. Appeler le concierge, se dit-il, pour lui dire quoi ? Qu'un chien se trouve chez lui, comme par hasard, et qu'il vienne l'en délivrer. Son manteau sur le dos, il se sert un cognac, le temps de réfléchir. Le chien a toujours les yeux clos, il fait le mort, mais jusqu'à quand? Il faudra bien qu'il sorte faire ses besoins. Lui n'a encore rien avalé. Il pose son verre sur la table de verre où gisent, depuis des jours sinon des semaines, des revues et des magazines à peine feuilletés, vestiges d'une existence venue à terme. Et il se rend, sur la pointe des pieds, dans la kitchenette où le rejoint le chien attiré par l'odeur du salami.

Il lui lance une rondelle de salami, puis une autre, de crainte d'être assailli. Puis il mord dans son sandwich, toujours debout, aux aguets, tandis que le chien s'assoit, l'air d'attendre patiemment les restes de son modeste repas. Il pourrait toujours se réfugier dans sa chambre pour la nuit et voir, demain matin, ce qu'il y a à faire. Mais, pour cela, il faudrait qu'il l'enjambe et le gagne de vitesse, exploit improbable. Son sandwich lui reste sur l'estomac malgré le jus d'orange. Et le téléphone n'est plus à sa portée maintenant. Pris en otage dans cette pièce trop étroite, sans recours possible, il pourrait sortir par la porte qui donne sur l'escalier de secours. « Mais c'est lui qui doit sortir, pas moi », se dit-il, la chemise trempée de sueur sous le lourd manteau qui l'accable. Il s'assoit, furieux contre lui-même, contre son inaptitude à surmonter une peur aussi bête, au moment même où il se félicitait d'avoir changé le cours de son existence. Les yeux fermés, il respire profondément et puis, se levant brusquement, en proie à l'euphorie, il ouvre la porte du frigo et y trouve le pâté de foie dans son papier qu'il ouvre fébrilement. L'odeur du pâté tire le chien de sa somnolence. « C'est bon, tu vas voir », dit-il en ouvrant la porte. Le chien se jette sur l'appât qu'il a lancé sur l'étroit balcon de fer, et il referme la porte en s'y appuyant de tout son poids. Son cœur cogne, il n'entend rien d'autre. « Sauvé », dit-il. Et d'un pas lourd, il se rend au salon où il avale une gorgée, puis une autre, du cognac qu'il s'est servi il y a une éternité déjà. Il voudrait le savourer en toute quiétude, mais le sentiment persistant d'avoir échoué le tenaille. Il s'en est tiré, d'accord, mais plutôt honteusement. Le chien le lui rappelle en se jetant contre la porte. Il l'écoute geindre un moment avant de se débarrasser de son manteau et d'ouvrir la radio.

Qu'est-ce qui joue ? Il se sert un autre cognac. Il y a des années qu'il n'a pas entendu ça, mais il le reconnaît maintenant, c'est *Pulcinella*. Il n'entend presque plus le choc de la bête contre la porte, elle finira par se fatiguer et alors il pourra se détendre vraiment. La musique l'enveloppe tout à fait et il se laisse aller un long moment. Il dépose son verre et se lève. Il éteint la lumière de la kitchenette et il voit luire des yeux de fauve debout contre la porte. « Pauvre bête », dit-il en ouvrant la porte. Le chien se coule dans la pièce et fuit vers le salon. Il le laisse errer un moment, puis l'appelle en lui montrant l'endroit où il doit se coucher. Il a parlé d'une voix un peu rauque, sèche même, et le chien s'est étendu à ses pieds, l'air soumis. « Bouge pas de là », dit-il en se servant un autre cognac, le troisième déjà.

Il se sent apaisé maintenant, et à l'abri, oui, même avec un fauve à une enjambée de son fauteuil. Après un moment, il se risque à l'appeler doucement, mais sans résultat, puis d'une voix forte jusqu'à ce que le chien se soulève et vienne se soumettre enfin. Il le laisse même lui flairer la main avant de le renvoyer se coucher, imaginant la tête que sa mère ferait s'il se présentait à la maison, flanqué de cette bête. Elle ne pourrait pas dire, selon son habitude : « Tu changeras donc jamais, mon pauvre garçon. » Elle ne le pourrait pas, et ça, c'était toute une victoire, aussi grande que d'avoir changé de profession. Plus grande même, pense-t-il, les yeux clos, en se laissant dériver sur la musique de Stravinski tandis que dehors tombe toujours une neige fine.

L'influence d'un rêve

J'étais trempé et je m'agrippais à mon oreiller. Il aurait fallu que j'allume la lampe. C'était simple, pourtant : il suffisait d'allonger le bras. Quelque chose de malsain m'en empêchait — ou la curiosité, je ne sais trop. En tout cas, je demeurais recroquevillé, encore sous l'effet du rêve, mais m'efforçant de penser fortement à ce que j'avais au programme ce jour-là. C'était un lundi et j'avais rendez-vous dès la première heure avec mon supérieur immédiat. Cela me ramenait au cœur même de mon rêve et je me détournai aussitôt de cette pensée, fuyant vers la campagne encore enneigée mais qui exhalerait bientôt cette senteur de terre détrempée qui vous monte à la tête et vous donne des envies de fugue. Mais les images de la nuit persistaient à brouiller ma rêverie bucolique.

Je me levai ou, pour être plus exact, je m'enfuis du lit, descendis préparer le café et ouvris la radio comme tous les matins, espérant que la routine me laverait de cette boue qui polluait mes sens et m'engluait l'esprit. En déjeunant, j'écoutai aussi attentivement que possible les informations sportives entrecoupées des commentaires que faisait mon fils aîné ; puis, après une toilette plus expéditive que d'habitude, je pris ma serviette et saluai ma femme qui me rappela que nous allions au cinéma ce soir-là.

Je démarrai en concentrant mon attention sur ce que je

voyais devant moi, attitude d'ailleurs recommandable quand on se risque dans les rues de Montréal aux heures de pointe. J'aurais volontiers fait monter un auto-stoppeur, une auto-stoppeuse de préférence, mais aucune ne se trouvait sur ma route. Je baignais dans l'ambiance de cette nuit, une ambiance de honte que même *Ta Katie t'a quitté* de Bobby Lapointe ne parvenait pas à dissiper. J'avais l'impression de ne pas rouler vraiment dans l'une des artères principales de la ville, mais d'être emporté par le courant et ramené dans les ténèbres, bien que je m'accrochasse comme à une bouée au bavardage insignifiant de l'animateur qui céda bientôt la parole à une chanteuse populaire dont j'oublie toujours le nom et qui se plaignait, d'une voix venant du ventre, d'avoir été abandonnée par l'homme de sa vie ; et, chose curieuse, au lieu de simplement m'ennuyer, ses paroles me mettaient mal à l'aise, comme si elles avaient trahi mon propre secret.

Les feux de la circulation m'ayant été favorables, je mis moins de vingt minutes à me rendre jusqu'au parking de l'édifice où se trouvent nos bureaux. La promiscuité de l'ascenseur me tirerait du marasme où je m'enlisais depuis mon réveil : il y en a toujours un qui blague, un autre qui lui donne la réplique, et, drôle ou pas, vous avez un sourire de complicité, sinon de pure complaisance. Ou bien c'est une jeune femme qui s'épanouit dans une toilette printanière et que vous regardez à la dérobée. Immanquablement, quelqu'un ou quelque chose vous arrache à l'amère rumination de votre misère intime. C'est peut-être ce qui explique que vous teniez tant à votre travail.

Mais ce matin-là, rien à faire, je n'entendais rien, et il n'y avait pas de beauté à lorgner ou, s'il y en avait, cela m'échappait. Au septième, je sortis avec la sensation d'être rendu moins à moi-même qu'à ce malaise auquel se mêlait autre chose, de la rage, je crois bien, quelque chose qui se situe entre la colère aveugle et la frustration sourde. Je fis un détour pour me rendre à mon bureau. L'étage était encore désert, j'avais près de vingt minutes d'avance que je passai à revoir les dossiers dont nous avions à discuter, mon patron et moi. L'angoisse me serrait la poitrine et je devais faire un effort pour respirer. Le moment venu, je me dirigeai d'un pas pressé vers le bureau du patron en espérant que sa secrétaire ne serait pas encore à son poste.

Comme j'allais passer devant les toilettes, la porte s'ouvrit et je la vis, toujours souriante, exhalant le même parfum indéfinissable. Elle me salua, sans ouvrir la bouche, d'un regard chargé de sous-entendus, comme si vraiment rien de ce qui s'était passé cette nuit ne lui avait échappé, et elle m'accompagna jusqu'au bureau du patron sans cesser un seul instant de me frôler le bras. Le patron étant occupé au téléphone, elle me fit signe de m'assoir devant la table de teck où se trouvait en permanence un plateau de pommes si éclatantes qu'on aurait pu les croire fausses. Le visage brûlant de colère ou de confusion, je me demandai comment elle avait pu, et avec quelle audace perverse, se frotter comme une chatte à moi qu'elle avait pourtant si impitoyablement remis à sa place, il y avait quelques heures à peine, après m'avoir toisé avec son sourire engageant, sa chevelure de lionne et son air de me prêter une inavouable arrière-pensée, tandis que je lui prenais la taille le plus naturellement du monde, poussé par une sorte de nécessité qui demeura obscure pour moi, une fois éveillé. Mais cette séquence — mes mains autour de sa taille et son sourire — ne dura que le temps d'une fulgurante émotion sensuelle, car son sourire aussitôt se figea et elle me demanda ce qui me prenait. Seulement ça, sans un geste, sans un mouvement de recul, preuve que ce n'était pas la peur qui lui inspirait cette brusque sévérité : « Qu'est-ce qui te prend ? »

Je me rappelai, avec la même bouffée de honte au visage, avoir vivement retiré mes mains et baissé la tête. Elle avait poussé la porte des toilettes et je restais là, morfondu et outragé. C'était la fin de la journée, j'imagine, parce que d'autres filles se rendaient aux toilettes avec leur sac à main se refaire une beauté avant de se précipiter dans l'ascenseur, puis dans la rue où persistaient encore des plaques de glace que le soleil et les pluies d'avril achevaient de ronger. Pourquoi rester là au risque d'être dénoncé sinon parce que la nuit il en est ainsi, on a l'âme à nu et on n'y peut rien, on n'est plus son propre maître mais le triste fantoche d'une puissance occulte. Qu'est-ce que j'espérais en m'exposant ainsi? Simplement qu'elle me sourie de nouveau et que je me sente pardonné. Dès qu'elle était sortie, accompagnée de deux camarades, je m'étais approché pour m'excuser de mon inconduite avec des sanglots dans la voix, mais elle m'avait redemandé ce qui m'avait pris d'une voix si forte que les deux autres nous avaient regardés d'un air intrigué. Privé de voix, je m'étais éclipsé, j'avais pris la fuite, le cœur empoisonné par la honte, et je m'étais réveillé en larmes, impuissant à conjurer ce sortilège. Il me semblait encore qu'elle avait vraiment fait irruption dans l'innocence de mon sommeil, sinon comment expliquer qu'elle se fût risqué à me troubler, quelques minutes plus tôt, en se frottant contre moi jusqu'au bureau du patron?

Je me retournai et je la vis assise derrière sa machine à écrire, immobile et triomphante comme une souveraine absolue, l'air de me dire avec son ironie habituelle: « Je t'ai eu, comme personne ne t'a jamais eu. » Je détournai les yeux, sûr qu'elle avait tout deviné, depuis la première minute de mon rêve jusqu'à cet instant précis où je lui avouais ma défaite. J'étais soulagé de revenir enfin à l'insignifiante et rassurante banalité des projets dont la réalisation, nous le savions sans en convenir, serait fatalement en deçà de ce que nous en attentions. Elle pouvait tramer ce qu'elle voulait derrière sa machine à écrire, et même faire effraction dans mon vulnérable for intérieur, je m'en tirerais plus ou moins indemne grâce à cette routine du quotidien qui nous est d'un si grand secours et à laquelle nous aurions bien tort de ne pas en appeler en cas de besoin.

Le bon vieux temps

I

Elle avait fini par accepter, elle se demandait encore pourquoi. Simplement pour en voir le cœur net? Il y avait des mois qu'il lui rebattait les oreilles avec Bernard, le bon vieux temps passé avec son ami Bernard, tout ce qu'ils avaient fait ensemble, les nuits blanches à fumer devant un feu, à la belle étoile. Jean-Louis avait les yeux brillants quand il revenait là-dessus, avec chaque fois de nouveaux détails qui l'émerveillaient lui-même. C'était un vendredi soir et on annonçait un week-end torride. « On peut y aller si tu y tiens tant que ça.

— Tu veux dire : chez Bernard?

— Chez qui d'autre veux-tu que ce soit?

— Tu vas voir!

Il jubilait en décrochant le téléphone pour annoncer leur visite à Bernard et lui demander comment se rendre chez lui : « Depuis le temps, mon vieux, j'ai oublié... » Elle n'avait pas écouté la suite, préférant s'étendre dans la baignoire.

Et maintenant ils roulaient sur l'étroite route de terre blanchie par le soleil des derniers jours. Le feuillage avait perdu son lustre sous la fine poussière que les autos soulevaient. La route montait toujours, toute en virages abrupts, mais elle était peu fréquentée. Elle regrettait déjà d'avoir proposé des retrouvailles dans un coin aussi perdu. La campagne lui donnait le vertige, comme si, privée de ses points de repère familiers, elle ne savait plus à quoi s'accrocher. Mais Jean-Louis ne pouvait pas comprendre ça, lui, excité par la vue de ces montagnes qui lui rappelaient ses exploits de jeunesse. « On dirait que c'est là, dit-il.

— Regarde devant toi », répliqua-t-elle sèchement.

C'était elle qui avait les indications sous les yeux. Il avait tellement peur de passer tout droit, c'en était ridicule, mais elle ne le lui dit pas. Depuis des semaines, ils se prenaient aux cheveux pour des niaiseries. Leur dernière dispute était encore fraîche : la veille, après sa conversation avec Bernard, comme il se vantait d'avoir fait avec lui une randonnée de vingt milles en pleine tempête, elle lui avait dit : « Tu n'avais certainement pas cette bedaine-là » et il l'avait envoyée au diable. Ils avaient mis une bonne heure à faire la paix. Qu'est-ce qui leur arrivait, elle aurait bien voulu le savoir. Le début de la fin, peut-être. Curieux tout de même que ça la laisse froide. Elle avait longtemps trouvé du charme au penchant nostalgique de Jean-Louis, mais plus maintenant et c'était avec une arrière-pensée mal définie qu'elle avait proposé cette visite à Bernard.

Le plein soleil l'éblouissait. L'auto traînait un panache de poussière. Voilà le ranch, se dit-elle. Des chevaux flânaient dans un champ, mais il n'y avait personne sous le ciel d'un bleu soutenu qu'on avait l'impression de pouvoir toucher rien qu'en levant le bras. « Ralentis, dit-elle, tu tournes à gauche dans moins d'un demi-mille.

— À gauche ? »

Elle n'avait pas envie de se répéter, elle aurait voulu boire quelque chose de froid, de la bière ou de la limonade.

II

Le fameux manoir dont lui avait tant parlé Jean-Louis, c'était en réalité une grande maison toute blanche avec des fenêtres à carreaux et dont la fraîcheur la saisit dès qu'elle entra. Bernard n'avait pas l'air pressé de les recevoir, occupé à sarcler son potager, sous un chapeau de paille dont les bords s'effilochaient. Ce fut d'abord ce qui la frappa — ce chapeau qu'il garda sur la tête, même lorsqu'il les eut invités à se rafraîchir dans la cuisine d'une sobriété spartiate : une table d'un bois très clair avec ses quatre chaises, près de la fenêtre qui donnait sur le potager. Rien d'autre, mis à part le poêle de fonte et le tonneau tronqué où s'empilaient des quartiers de bois. Les murs étaient nus, c'en était gênant. Le regard errait dans la pièce sans halte possible. Il lui avait serré la main en hochant la tête, comme s'il n'avait aucune idée de ce qu'il fallait dire à ce moment-là. C'était Jean-Louis qui faisait la conversation, ravi de retrouver les choses telles qu'elles étaient la dernière fois, « mais ça remonte à quand, mon vieux ? » Bernard hochait la tête, peu soucieux de le dépanner. Il finit pourtant par retirer son chapeau après leur avoir servi du thé glacé dans des bocks de bière. Il se contentait d'être là, à peine plus grand que Jean-Louis, l'allure plus juvénile, l'air d'être ailleurs tout en hochant la tête de temps à autre. Elle avait l'impression qu'ils le dérangeaient. Il ne s'était même pas donné la peine de s'endimancher, vêtu d'un jean délavé et d'une chemise kaki à laquelle manquaient deux ou trois boutons. C'étaient toujours les détails de ce genre qu'elle remarquait d'abord. Ensuite, pour savoir un peu à qui elle avait affaire, elle soumettait l'inconnu à une sorte d'interrogatoire. Mais elle n'en avait pas eu l'occasion, Jean-Louis poursuivant son monologue délirant tandis que Bernard bourrait une pipe de maïs. « Ça doit chauffer ? demanda-t-elle.

— Ça dépend du tabac. Avec le mien, pas de problème. »

Il avait l'air d'un gentleman-farmer sudiste. Elle le lui dit. Il ne broncha pas, mais elle sentit son regard croiser le sien avec une insistance qui lui remua le ventre. L'instant d'après, il baissait les yeux, comme s'il avait eu peur d'elle, et son visage retrouva l'impassibilité qui lui servait probablement de masque. Elle n'avait pas entendu ce qu'il avait dit à Jean-Louis, seulement le mot chevaux. « Quels chevaux ? demanda-t-elle.

— Bernard nous a réservé des chevaux pour une promenade.

— Allez-y sans moi, dit-elle, prise de panique. D'ailleurs, vous me voyez monter un cheval comme ça ? »

Elle leur montrait la robe qu'elle avait sur le dos, une robe ouverte jusqu'à mi-cuisse, et moulante par-dessus le marché. « Si tu m'en avais parlé, je me serais habillée autrement », dit-elle en regardant Jean-Louis. Il avait complètement oublié, prétendait-il, mais en fait, s'il avait fait allusion aux chevaux, elle aurait refusé de venir, et ça, il le savait. « Avec des talons comme ça, ajouta-t-elle, vous me voyez à cheval ?

— J'ai des sandales, dit Bernard. Ça devrait vous faire. Si vous préférez un poney, ils en ont. Docile comme un chien si ça peut vous rassurer. »

Elle lui en voulut de la percer à jour aussi facilement avec ce sourire de mâle condescendant. Elle le dévisagea jusqu'à ce qu'il baisse les yeux et sorte de la cuisine. Jean-Louis s'éclipsa sous prétexte d'aller chercher leurs affaires. Vous allez me le payer, se dit-elle, vous ne perdez rien pour attendre. Elle avait vraiment l'impression de faire les frais de cette complicité virile qui leur donnait, pour le moment, le sentiment d'être les plus forts. Bernard revenait avec les sandales et des couvertures enroulées. Ils ont tout arrangé dans mon dos, pensa-t-elle. Elle retira ses chaussures pour essayer les sandales. Jean-Louis revenait avec son sac à dos. « Tu veux pas trimbaler ça ? demanda Bernard. Pas à cheval.

— Qu'est-ce qu'on fait ?

— On apporte le strict minimum, et on se débrouille avec les moyens du bord.

— Le strict minimum, répéta Jean-Louis en détachant son sac. Allumettes, gamelles, toile de fond, corde, hachette. Mais dans quoi je mets ça ?

— Là-dedans, répondit Bernard en lui montrant une gibecière qui pendait au porte-manteau. Côté nourriture, j'ai tout ce qu'il faut.

— Moi, j'ai apporté l'essentiel », ricana Jean-Louis en exhibant une flasque de brandy.

Bernard avait remis son chapeau de paille et décroché une veste de daim qui n'en était pas à sa première sortie. Elle retourna prendre le châle qu'elle avait laissé sur la banquette arrière, hésitant à mettre le chapeau dernier cri qui, bien sûr, achèverait de la ridiculiser.

Ils l'attendaient devant la jeep, flairant les odeurs que le soleil distillait. « Sens-moi ça, dit Jean-Louis.

— Sentir quoi ?

— La menthe.

— J'en ai tout autour de la maison », précisa Bernard avant de rallumer sa pipe de maïs.

Coincée entre eux deux, elle devait retenir son chapeau qui s'était envolé au moment du démarrage. « Sous les arbres, on sera au frais », dit Bernard, comme si elle s'était plainte de la chaleur.

III

Bernard avait pris les devants sur un cheval bai, sans une tache, les conduisant dans un chemin forestier. Jean-Louis avait fini par se taire, goûtant sans doute le passé retrouvé. Mais, de temps à autre, il ne pouvait s'empêcher de nommer ce qu'il voyait : « Tiens, des bouleaux, dit-il en les lui montrant.

— Je connais ça, dit-elle sèchement.

— Et là, qu'est-ce que c'est ?

— Des feuillus.

— Oui, mais de quelle espèce ?

— J'attends que tu me le dises.

— Des ormes.

— Des hêtres, le corrigea Bernard qui avait tout entendu.

— T'en es sûr ? demanda Jean-Louis, visiblement touché.

— Regarde leur fût ! Gris et lisse. Ça peut pas être autre chose.

— C'est vrai », admit Jean-Louis.

Elle faillit sourire, mais à ce moment-là le poney fit un écart très brusque qui lui figea le sang. On marchait sur des pierres reluisantes d'humidité. Une bave coulait le long des pins. Elle s'était couvert les épaules de son châle, le regard obstinément fixé sur la crinière grisâtre du poney. Jean-Louis sauta par terre un peu lourdement et flanqua une tape sur la croupe de sa jument.

« Attendez-moi, j'en ai pour deux secondes », dit-il avant de s'éloigner sous les arbres. Elle surprit le regard de Bernard sur sa jambe nue collée au doux flanc du poney. Tu peux toujours te rincer l'œil, se dit-elle en le dévisageant. Il détourna les yeux et continua sa route sans attendre le retour de Jean-Louis.

Il pouvait aussi bien être deux heures que quatre, elle n'en avait aucune idée. Elle avait un peu soif malgré la fraîcheur des bois. Mais elle se laissait aller maintenant, tenant la bride d'une seule main, bercée par le roulis régulier de sa monture. Elle avait l'impression que le poney connaissait la route par cœur. De temps à autre, un papillon s'illuminait comme un vitrail dans un rai de soleil. Une sorte de bien-être l'engourdissait de la tête aux pieds. Quand elle releva la tête, elle les vit s'arrêter et lui faire signe. Puis elle entendit le bouillonnement des eaux. Le torrent était étroit, mais pas question de traverser, pensa-t-elle tandis qu'eux cherchaient un passage. « Allez-y si vous voulez », leur cria-t-elle. Bernard répondit quelque chose en longeant le torrent. Ils le suivirent. Un pont de bois apparut comme dans un conte, mais elle eut vraiment peur en le traversant. De l'autre côté, s'ouvrit une clairière où le soleil déversait son trop-plein. Les chevaux nageaient dans de hautes fougères d'où montait un grésillement continu. Ils s'étaient arrêtés, éblouis par cette vive lumière et elle comprit qu'on conserve très longtemps le souvenir de pareils moments et qu'on essaie de les revivre. Bernard, lui, avait choisi de vivre selon sa jeunesse, contrairement à Jean-Louis qui se laissait dévorer par la nostalgie. C'était probablement ce qui le fascinait chez son ami et le rendait amer. Il n'avait qu'à tout planter là et s'installer à la campagne, lui aussi. Elle ne lui en voudrait pas. Peut-être même en serait-elle soulagée. J'en ai assez de me sentir coupable, se dit-elle, comme si c'était moi qui l'empêchais de vivre à sa guise. Les bêtes arrachaient des herbes grasses. Bernard souleva son chapeau, les yeux mi-clos, et leur montra un bosquet de grands érables : « On va se mettre au frais. » Dès qu'ils entrèrent dans le sous-bois, la fraîcheur les baigna comme une eau. Qu'est-ce que vous avez à vous retourner comme ça, pensa-t-elle, je vous suis.

IV

Ils avaient atteint le sommet plat de la montagne d'où ils pouvaient voir la lointaine constellation des toits de tôle parmi les collines. Elle avait dû faire appel à eux pour mettre pied à terre : ses jambes ne lui obéissaient plus. Jean-Louis riait de la voir se frictionner les cuisses. Elle l'envoya promener. Bernard avait déjà commencé à couper du bois mort sans hâte mais sans s'arrêter. Les chevaux mangeaient de l'herbe. Par moments, des bêtes poussaient des cris brefs. « Qu'est-ce que c'est ? demanda-t-elle.

— Rien. Des écureuils », dit Jean-Louis en achevant de vider la gibecière.

Elle ne savait pas que les écureuils poussaient des cris aussi aigus. Bernard avait allumé un rouleau d'écorce de bouleau qui dégagea une fumée noire avant de flamber comme une torche sous la pyramide de bois. Elle se sentait fourbue comme après un déménagement. Jean-Louis avait tellement sué que son T-shirt lui collait au ventre. Bernard continuait à s'activer sans hâte. Sûr de toi, hein, mon vieux, parce que tu es dans ton élément, mais j'aimerais bien te voir ailleurs, se dit-elle. Jean-Louis se battait avec les gamelles tandis que Bernard ouvrait une boîte de ragoût avec la pointe de son poignard, « comme dans le temps », lança-t-elle en se relevant, mais ni l'un ni l'autre ne bronchèrent. « Voulez-vous que je m'occupe des légumes ? demanda-t-elle.

— Quels légumes ? répliqua Jean-Louis. On s'en passera pour une fois. »

Bernard revenait avec la cafetière qu'il posa sur une pierre plate, près du feu. « Il doit y avoir des plantes sauvages qui se mangent. Ou des racines, non ? » demanda-t-elle. Jean-Louis lui adressa un regard chargé de rancune et elle enchaîna : « Qu'est-ce qu'on fait contre les moustiques ?

— On les endure », dit Bernard sans quitter le feu des yeux, furieux ou pas, difficile à dire. Il cache bien ce qu'il éprouve, se dit-elle, c'est tellement viril.

V

On ne voyait plus les chevaux maintenant, sauf leurs yeux qui s'allumaient tout à coup quand Bernard jetait du sapin dans le feu. Il y avait dix ou quinze minutes que Jean-Louis s'était endormi, assommé par le brandy. Bernard, lui, n'en avait pris qu'une rasade ou deux, indifférent aux histoires que son vieux copain lui rappelait. Il s'était contenté de l'écouter avec autant d'ennui que si elles étaient arrivées à un parfait inconnu. Il s'était contenté d'écouter en fixant les flammes. Elle aussi d'ailleurs, poussée par l'agaçant besoin de l'imiter. Il n'y avait pas de lune et, sans la lueur du feu, ç'aurait été la nuit noire. Jean-Louis ronflait plus fort que d'habitude. Bernard s'était levé pour le couvrir d'une couverture. Comme il revenait, elle lui en demanda une. Il la déroula et la lui mit sur les épaules, mais elle lui prit le bras, bien qu'elle se fût juré de le faire baver un peu avant de lui en donner même gros comme ça. Sa curiosité avait été plus forte que le reste. C'était à elle seule qu'elle avait pensé en le retenant près d'elle, sous l'abri de la couverture. Un drôle de héros, se disait-elle, tremblant comme une proie. Quand elle jeta un coup d'œil sur lui, il regardait obstinément le feu, les mains croisées sur les genoux, mordant le tuyau de sa pipe. Il y avait longtemps qu'elle n'avait pas éprouvé le pouvoir fabuleux qu'elle détenait en étant ce qu'elle était. Il respirait à peine. Quand elle lui passa le bras autour de la taille, elle le sentit frissonner. « On est bien comme ça, tu trouves pas ? » insinua-t-elle en se collant contre lui. Il posa sa main chaude, presque moite, sur son épaule nue.

Elle avait cru qu'il se décidait à prendre l'initiative, mais non. Il s'en tenait là, la main sur son épaule, comme un grand frère. Elle attendit encore un moment avant de lui souffler dans l'oreille, ce qui le fit frissonner et lui serrer l'épaule. Puis elle se renversa en l'attirant contre elle. Ses lèvres goûtaient le tabac, mais il ne les ouvrait pas. Il la laissa déboutonner sa chemise et détacher son ceinturon dont la bouche de métal lui brûla le ventre quand elle releva sa robe. Il respirait très fort maintenant. Ce fut elle qui le prit, s'empalant sur lui très lentement, puis se laissant aller à sa voracité, insensible à ses gémissements étouffés. Elle s'abattit contre lui, le ventre encore agité de spasmes. Il lui sembla, après coup, que jamais son plaisir n'avait été si vif. Plus tard, comme le feu s'était éteint et que la nuit les aveuglait, il lui caressa les seins du bout des doigts et elle le chevaucha de nouveau avec l'impression de le posséder encore mieux, comme si c'était elle qui le pénétrait. Il se blottit contre elle et elle ramena la couverture sur eux.

VI

Elle entendit d'abord des crépitements. Son omoplate gauche lui faisait mal. Puis l'odeur du bois qui flambait lui rappela où elle se trouvait. Dès qu'elle souleva la couverture, elle sentit la fraîcheur de l'aube lui glacer la peau. Et elle le vit accroupi devant le feu, tête baissée, comme s'il examinait quelque chose entre ses genoux. « Bonjour », dit-elle. Il se contenta d'un signe de tête. « Où est Jean-Louis ?

— Parti se promener », répondit-il en montrant les bois qui se perdaient dans une brume épaisse. Elle retrouva son châle sous elle et s'en couvrit les épaules avant de s'approcher du feu. Les chevaux mangeaient paisiblement. Jean-Louis revenait avec une tasse d'aluminium remplie de framboises lourdes de rosée. Il leur en offrit, à Bernard d'abord, puis à elle. Bernard dit que le café était prêt en réponse à Jean-Louis qui leur demandait s'ils avaient bien dormi. Elle se rendit compte, à ce moment-là, qu'une des trois couvertures était demeurée enroulée derrière la selle d'un des chevaux. Ils mangèrent une boîte de biscottes avec du fromage. Bernard refit du café. Seul Jean-Louis continuait de se croire revenu au bon vieux temps. Tu pourrais pas te taire une minute, pensait-elle. Nous laisser un peu jouir du silence qui te manque tant en ville. Mais il n'en finissait pas de s'extasier sur ce matin brumeux qui lui en rappelait d'autres. « T'en souviens-tu,

Bernard ? La fois où… » Mais Bernard était occupé à remettre les gamelles les unes dans les autres.

Au retour, il y eut une accalmie. Jean-Louis dut deviner — à les voir si taciturnes — qu'ils ne partageaient pas son exubérance. Il avait d'ailleurs pris les devants. Elle aurait voulu qu'il disparaisse comme par enchantement pour avoir Bernard tout à elle. C'était absurde de se quitter comme ça, alors que ça ne faisait que commencer. À un moment donné, elle faillit se retourner pour lui dire qu'elle reviendrait le plus tôt possible. Peut-être ruminait-il la même pensée, comment savoir ?

VII

Il y avait pas loin de dix minutes qu'ils roulaient, et ni lui ni elle n'avaient dit un mot. Le ciel demeurait gris, d'un gris immobile qui laissait prévoir une pluie lente et durable. Bernard n'avait pas tenté de les retenir quand elle avait parlé de partir après le repas. « Aurais-tu aimé qu'on reste ? demanda-t-elle tout à coup.

— C'est maintenant que tu me le demandes ?

— Bernard avait l'air fatigué.

— Fatigué, lui ?

— Il l'était. »

Jean-Louis éclata d'un rire forcé. « C'est pour ça que tu as décidé de partir ?

— Je t'ai obligé à partir ?

— Tu ne tenais pas en place, même à table.

— La vérité, dit-elle après un moment, c'est que j'en avais assez de t'entendre raconter vos exploits. Tu aurais pu te taire, nous laisser respirer un peu.

— Va donc au diable !

— Écoute bien ça, Jean-Louis : on a fait l'amour, Bernard et moi.

— Qu'est-ce que tu vas chercher là ?

— Pas seulement une fois. Deux fois. Pendant que toi, tu cuvais ton brandy.

— J'en ai à peine bu.

— T'appelles ça à peine, toi, dix onces.

— La bouteille était à moitié vide. »

Ils se turent. Une pluie fine embua le pare-brise et il mit les essuie-glace en marche. « S'il y a quelqu'un que les femmes n'auront jamais, c'est bien Bernard.

— Détrompe-toi, mon vieux, je l'ai eu. »

Il éclata de rire. « Tu dis n'importe quoi.

— Ton héros s'est fait avoir par la petite amie de son vieux copain.

— Ferme-la donc ! » cria-t-il.

Elle ferma les yeux, essayant de ressentir de nouveau le plaisir qu'elle avait eu mais n'arrivant à se rappeler que des détails, comme la brûlure fugace de la boucle de son ceinturon contre son ventre. « Je te jure que c'est vrai, dit-elle.

— Jure-le si tu veux, je te croirai jamais, comprends-tu. Avec n'importe qui, d'accord, mais pas avec lui », dit-il d'une voix où perçait — elle l'aurait juré — une sorte de foi désespérée.

Elle garda les yeux fermés, sans plus lui accorder la moindre attention, en proie au sentiment frustrant de perdre tout contact avec ce qui avait été et qui ne se reproduirait jamais plus de cette manière-là, jamais plus. Elle se demanda si Bernard, de son côté, avait tenté de lutter contre cette déroute de la mémoire, mais elle se dit que non, l'imaginant en train de fumer paisiblement sa pipe de maïs devant la fenêtre, heureux de cette pluie dont le potager avait grand besoin.

Le souvenir de sa douleur

C'était une troupe d'une trentaine d'âmes tout au plus, talonnées par la misère de ces dures années, poussées par le désir de trouver mieux ailleurs et s'adonnant à cette aventure avec une fureur parfois incontrôlable, le curé en savait quelque chose lorsqu'il s'approchait des plus jeunes qui continuaient de bûcher frénétiquement, même après que la clochette eut signalé la fin des travaux et la pause du repas. Tous debout, tandis qu'il récitait le bénédicité, ils attendaient, la chemise collée à la peau, que leur soit octroyé le droit de mordre dans le pain et de le tremper dans la soupe ou les fèves, puis dans l'épaisse mélasse noire. Mais Joseph-Antoine Beautront serrait les dents, se signant à contre-cœur, incapable d'oublier, de pardonner au curé de son village qui, en chaire, avait condamné ceux qui avaient pris les armes — des fusils de chasse et des fourches — pour barrer la route aux incendiaires de Sa Majesté.

Il ne pouvait oublier les vociférations du curé, pas plus que le silence réprobateur de sa mère le jour où Napoléon Jeté était entré chez eux pour demander à son père de venir en aide à des patriotes en fuite. Son père n'avait pas hésité, il avait fait signe que oui, comme si cette décision avait été mûrement réfléchie, alors qu'il aurait très bien pu refuser simplement en montrant les quatre enfants encore imberbes attablés dans la grande cuisine mal éclairée en ce matin de gel qui encroûtait les vitres.

Un simple mouvement de la tête, et personne n'avait bronché, pas même sa mère qui s'était contentée de fermer les yeux. Elle n'avait pas ouvert la bouche ni soupiré jusqu'à ce que les plus jeunes partent pour l'école. Le père, Charles et lui étaient allés soigner les bêtes, comme tous les matins. Et puis, en sortant de l'étable, il avait vu sa mère quitter la maison, emmitouflée dans son châle de laine noire. Et maintenant, les mains goudronnées de résine, les phalanges écorchées, il regardait fixement l'écuelle où fumaient, dans la fraîcheur du crépuscule, les fèves figées dans leur jus, et il lui semblait encore être là, à la porte de l'étable, à se dire que sa propre mère était en route vers le presbytère où d'autres mères tramaient il ne savait quels complots, quels stratagèmes, pour réduire les mâles à n'être rien de plus que ce qu'ils étaient peut-être vraiment. Il déposa sa cuillère dans l'écuelle et, sans le moins du monde se soucier de la conversation de ceux qui, leur repas achevé, bourraient leur pipe, il s'écarta du campement, les jambes raidies, les pieds bouillants dans ses bottines humides. Il ne faisait pas encore nuit et il pouvait voir les fougères se dresser, simples tiges retenant leurs feuilles dans leurs poings fermés. Un peu partout sous les arbres, des flaques de neige persistaient. La violente sueur de l'humus, il la respirait distraitement, prisonnier d'une rage dont seul le travail parvenait à le soulager.

Ce serait bientôt l'heure de se coucher dans l'une des charrettes du menuisier à qui il avait dû emprunter une couverture de laine parce que tout ce qu'il avait, au moment du départ, c'étaient les vêtements qu'il portait, une besace de chasseur et ce bonnet de loutre dont lui avait fait don l'un des fuyards réfugiés dans le grenier de la maison il y avait si longtemps déjà. Sa mère refusant de leur monter leur pitance, c'était lui qui s'acquittait de cette tâche dans l'espoir de les entendre raconter ce qui s'était passé chez eux, à Saint-Eustache — non pas les maisons ravagées par les canonnades et les flammes, ni même les cris des agonisants puisque cela ne lui traversait pas encore l'esprit, mais le sauvage et puissant instinct du combat, l'écho des coups de feu dans la campagne, l'odeur de la poudre brûlée et le chant des hommes alignés derrière les barricades. Mais ils préféraient se taire et manger, comme s'ils avaient honte de leurs déboires.

Et puis la rumeur leur était parvenue de l'approche d'une troupe anglaise en déroute, sans doute égarée et affamée. Napoléon Jeté avait en un rien de temps organisé une milice qui avait dressé, à l'embouchure du village, une barricade de tonneaux et de charrettes. Il lui semblait être là, maintenant que le moindre détail lui revenait dans la noirceur des bois, le corps moulu mais réfractaire à l'oubli du sommeil. Charles, son frère aîné, et lui avaient été dépêchés en éclaireurs. C'était au milieu de l'après-midi. Ils n'avaient pas marché une heure avec le vent dans le dos qu'était apparue, sur l'étroite route à peine carrossable, l'avant-garde des Habits-rouges — une demi-douzaine de cavaliers criant des ordres à ceux qui, derrière eux, traînaient la patte. Charles lui avait dit : « Cours vite au village ! » Mais lui, comme si le spectacle de ces cavaliers l'avait figé sur place, demeurait là, accroupi sur ses raquettes, tandis que Charles le poussait du coude : « Cours donc les avertir. » Et il était revenu sur ses pas, sans cesser de se retourner, du moins tant qu'il avait pu voir son frère immobile parmi les broussailles givrées. Il croyait encore, maintenant que tout était fini, à jamais fini, qu'il aurait dû rester à ses côtés. C'était ce qu'il se répétait chaque nuit en attendant le sommeil qui ne venait qu'une heure ou deux plus tard, peu avant les premières lueurs du jour, au moment où il fallait sauter dans ses bottines et reprendre la hache pour tailler, à même les conifères, la route qui les menait vers le nord, là où il n'y aurait plus ce sang sur la neige ni ces cavaliers fantomatiques soufflant une buée blanche.

Il approchait du village aussi vite que ses jambes et les rafales le lui permettaient, le visage figé sous le masque d'argile du froid, quand il entendit des coups de feu. Il n'eut pas une seconde d'hésitation — pas une. Il fit demi-tour en se disant que Charles les avait attaqués pour les retarder. Il aperçut bientôt des taches rouges qui se déplaçaient lentement, comme au ralenti, sur la blancheur démesurée des champs, et il continua de marcher sous les arbres tout en longeant la route. Ce qui le rassurait, c'était l'allure inchangée des chevaux et la démarche traînante des soldats qu'il voyait de haut depuis qu'il avait gravi la colline. Tapi derrière le tronc verruqueux d'un vieil érable, il les regarda défiler, d'abord les cavaliers très droits avec leurs gants blancs et puis les fantassins exténués qui avançaient en prenant appui sur leur fusil. Il croyait même percevoir leur intense respiration. Puis, dès qu'ils eurent défilé sous ses yeux, il se précipita vers les taillis où devait se trouver Charles. C'était plus loin qu'il ne l'avait supposé. Il vit un cheval étendu sur le flanc au milieu de la route, puis un soldat assis, la tête entre les jambes, à moins de quinze pas de Charles, immobile lui aussi, mais reposant sur le dos, les bras écartés et la gorge ouverte juste sous la pomme d'Adam. Il tâta le corps encore tiède sous la chemise jusqu'à ce qu'il sentît, entre les seins, quelque chose de poisseux, une boursouflure semblable au nombril et par où la vie de Charles s'était écoulée autant peut-être que par l'entaille qui lui découvrait l'œsophage.

Il y avait des mois de cela — de longs mois durant lesquels il avait couru le long des routes avec une fureur que la faim et la fatigue n'arrivaient pas à assouvir, incapable qu'il était d'oublier un seul instant les uniformes rouges sur la neige, le cheval couché au travers de la route et Charles, la gorge ouverte de Charles défiguré par la douleur. Il ne pleurait plus en ramenant son frère sur un traîneau de branches en cette sombre fin de journée. Il serrait les dents pour ne pas s'entendre souffrir. Quand il s'arrêta devant les barricades toujours dressées et les feux où les hommes de Jeté se réchauffaient, il se rendit compte que rien n'était changé. La troupe avait, en effet, évité le village, préférant passer par les bois. Grâce à vous deux, dit Jeté. « Et vous autres, cria-t-il, vous êtes restés là ? Vous les avez laissés continuer ? » La mort de Charles lui apparaissait maintenant comme un sacrifice inutile. Jeté essayait de lui faire comprendre que les soldats mourraient de faim, sinon de froid. Mais il ne voulait rien entendre — rien d'autre que sa douleur et sa rage. Il demanda à Jeté de rapporter le corps de Charles à la maison et de dire à son père de ne pas l'attendre. Les hommes le regardèrent s'éloigner vers les bois avec sa besace, son fusil et la hachette passée dans sa ceinture. Toute la soirée et toute la nuit, il suivit leurs traces dans la neige jusqu'au village voisin où il entra, l'air hagard et gelé jusqu'aux os. On lui fit avaler de la soupe avant de lui apprendre qu'une bande de soldats hystériques avaient pillé le magasin général. On les avait regardés faire, sous prétexte d'éviter les violences, incendies et misères qui avaient été le lot des villages rebelles. Ils avaient bivouaqué une heure à peine et ils étaient repartis. Un oncle maternel de Joseph-Antoine lui offrit le gîte, mais il ne l'écoutait même pas, s'apprêtant à se relancer à la poursuite de la troupe.

Le lendemain matin, il traversa un village paisible où l'on commençait déjà à fêter Noël, comme si le rouge des uniformes n'avait pas flamboyé. On lui disait que tout était fini, les chefs emprisonnés ou en fuite, et qu'on avait même exhibé le cœur de Chénier au bout d'une baïonnette. Il écoutait tout cela sans avoir l'air d'y croire. Et il repartit, seul avec le souvenir de sa douleur, gaspillant ses plombs dans les bois où il chassait le lièvre et l'écureuil. Les grands froids de janvier le forcèrent à se réfugier dans les granges. Ces haltes, au lieu de l'apaiser, lui remettaient le doute au cœur. Il aurait pu rentrer chez lui et reprendre sa place dans la famille, mais cette éventualité lui faisait horreur. Tant qu'il eut des munitions, il chassa dans ces bois où il ne rencontrait jamais personne. Puis il aperçut un haut clocher bulbeux retenant le soleil comme un phare au cœur de cette immensité apparemment déserte. L'animation des rues flanquées de trottoirs de bois annonçait ce qu'allait devenir la Grande Plaine plusieurs années plus tard : d'abord, le principal relais ferroviaire entre l'est et l'ouest de la région, puis une ville lorsqu'on pourrait la rebaptiser Laurierville en l'honneur du glorieux homme politique dont la meilleure idée aurait été de naître à l'ombre de son imposante église.

Mais le jour où Joseph-Antoine Bautront, ses raquettes en bandoulière, avait débouché sur l'artère principale de la Grande Plaine, il n'y avait encore que la forge, la maison du notaire, celle du médecin, l'Hôtel de ville avec ses colonnes blanches, quelques magasins et le presbytère, plus vaste que l'école, simple bâtisse recouverte de bardeaux de cèdre, et les maisons modestes rangées le long de la route et disséminées dans les rangs. L'auberge se trouvait plus loin, comme à l'écart, juste à l'orée des bois touffus où certains paroissiens trouvaient de quoi nourrir leur famille durant la morte-saison. *L'Auberge du castor,* ultime recours du voyageur, était une haute maison de pierres respirant par deux larges cheminées. Joseph-Antoine s'en était approché après avoir erré, le ventre creux, dans ce village livré aux vents de la plaine. Il avait à peine franchi le seuil qu'une odeur le saisit, une bonne odeur de bœuf mijotant dans son jus. Le soleil d'hiver coulait comme du miel sur les tables d'érable de la grande salle déserte à cette heure matinale. L'aubergiste sortit de la cuisine en frottant ses grandes mains blanches sur son tablier. C'était un gaillard d'une quarantaine d'années, l'œil vif et la langue bien pendue, comme Joseph-Antoine le découvrit, une fois attablé. Quand il avoua ne pas avoir le sou, l'aubergiste s'esclaffa : « Tu me fendras du bois, mon gars ! » En attendant, qu'est-ce qu'on dirait d'un café pour se réchauffer ? L'aubergiste lui apporta une pleine cafetière avec une omelette au jambon et d'épaisses tranches d'un pain frais et moelleux. Puis il s'assit devant lui, prenant visiblement plaisir à le voir dévorer tout ça. « Et à midi, mon gars, sais-tu ce qui t'attend ? » Joseph-Antoine le regardait, l'air perplexe, et l'aubergiste éclata d'un grand rire : « Du bouilli de bœuf ! » Joseph-Antoine sourit, se rappelant que c'était là le menu du dimanche midi à la maison. À ce moment-là, les marches de l'escalier gémirent et il reconnut son oncle Nicolas, toujours le même dans sa tenue de coureur de bois, la barbe un peu plus grise. Joseph-Antoine s'était levé tandis que son oncle continuait à descendre l'escalier tout en bourrant sa pipe, l'air intrigué, ne reconnaissant pas encore son neveu dans ses oripeaux de vagabond. Il le scruta un bon moment avant de lui flanquer une claque sur l'épaule : « Qu'est-ce que tu fais ici, toi ? Avec ta barbe et tout, je t'avais pas reconnu. Tu t'es pas vu ? » Non, il ne s'était pas vu.

L'aubergiste céda sa place à l'oncle et disparut dans la cuisine. Ils parlèrent longuement des événements, de Charles, mort pour rien, criait Joseph-Antoine, des villages ravagés par les troupes, t'aurais dû voir ça, disait l'oncle, une vraie cochonnerie. Il s'était battu, lui aussi, et il avait dû déguerpir. « On a perdu la bataille, mais c'est pas fini », dit l'oncle. Pour Joseph-Antoine, tout était fini dès qu'il avait découvert le corps de Charles, il s'en rendait compte tout à coup.

Son oncle reparti, Joseph-Antoine passa de longues journées à fendre du bois dans la remise, derrière l'auberge, ou à piéger du gibier en échange de quoi il pouvait manger à sa faim, dormir au chaud et oublier. Tenter d'oublier plutôt. Les ruisseaux coururent comme des torrents sous le soleil d'avril et des nuées d'oiseaux sillonnèrent le ciel. Les exhalaisons de la terre lui faisaient monter des fourmis dans les jambes. On parlait des pays d'en-haut que des familles entières allaient coloniser ce printemps-là. C'était comme une promesse d'une nouvelle vie. Dès qu'il entendit dire qu'un certain curé Phaneuf était arrivé à la Grande Plaine avec un cortège de colons, il se présenta à lui avec sa besace, son fusil et sa hachette. « Une paire de bras de plus, répondit le curé, ça se refuse pas. » Et le menuisier l'adopta en quelque sorte, lui prêta une couverture et une grande hache.

Il était le premier à se mettre à l'ouvrage, sitôt le déjeuner pris, comme s'il avait une raison personnelle d'ouvrir la route où les charrettes s'avançaient en bringuebalant. Douze hommes — le curé s'excluant de la corvée pour se consacrer au bréviaire et au réconfort moral de ses brebis —, douze hommes suant et ahanant sous les pins, les épinettes et les bouleaux qui chutaient avec de longs craquements, du matin au soir, avec une pause à midi, et tout cela pour aboutir, plus d'un mois plus tard, à dix milles au nord-ouest de la Grande Plaine, à l'endroit où Saint-Emmanuel allait se mettre à vivre de sa vie propre, au bas des montagnes qui l'enserraient : une vaste clairière qui ne nécessitait plus ces abattis préfigurant les feux de l'enfer pour la plupart d'entre eux dont la foi simple ne voyait pas au-delà du symbole et prenait les choses telles qu'elles étaient ou plutôt telles qu'on les leur décrivait.

Joseph-Antoine se sentit acculé au bord de l'abîme au terme du voyage, comme si son seul but avait été de bûcher et de bûcher, sans jamais s'arrêter. Il dut pourtant se conformer à la volonté commune et participer aux corvées les plus urgentes, en dépit des fréquentes pluies printanières et des dévorantes mouches noires : équarrir les troncs, monter les charpentes des maisons, puis celle de l'église dont la construction s'éternisait parce qu'on mettait le plus grand soin à choisir les plus belles pierres sous l'œil vigilant du curé Phaneuf. Mais à la fin de l'été, Saint-Emmanuel existait bel et bien, réplique assez exacte quoique miniaturisée des villages qu'ils avaient quittés, chacun pour des raisons plus ou moins avouées. Joseph-Antoine n'avait jamais vraiment répondu aux questions du menuisier, les soirs où ils veillaient dehors en fumant une pipe. Le menuisier n'insistait pas, il aurait simplement voulu garder le jeune homme auprès de lui, unique mâle d'une maisonnée comprenant cinq femelles. L'aînée de ses filles aurait eu l'âge non pas de les quitter

— on avait besoin d'elle — mais du moins de prendre mari et de mettre ainsi fin à l'espèce de léthargie où elle paraissait se complaire depuis des mois. Il espérait donc que son apprenti, ainsi qu'il l'appelait malicieusement, finirait par s'intéresser à cette blonde aux yeux gris d'une très grande capacité quand elle n'était pas la proie de la mélancolie.

Il leur arrivait parfois de se promener, elle et lui, jusqu'au bout de la route, là où se trouvait le terrain qui tiendrait lieu de cimetière dès qu'une âme quitterait ce bas monde. Mais ils allaient sans se tenir la main, se risquant à échanger des banalités par simple politesse. Joseph-Antoine était davantage ému par les montagnes que par cette fille blanche et ronde comme un pain pas encore enfourné. Ce n'était pas le désir de connaître la femme qui lui faisait défaut, non, c'était autre chose qu'il sentait obscurément : une envie de courir les bois sans rien devoir à personne. Il savait, à mesure que le temps passait et le lui confirmait, qu'il ne serait jamais chez lui dans ce village.

Très tôt, un matin d'octobre, il monta dans les bois. Et personne ne le revit. La semaine de Pâques passa sans qu'il vînt se confesser et communier, faute qui équivalait à se mettre hors-la-loi. Le curé Phaneuf évoqua en chaire la maléfique influence de Satan qui — méfiez-vous, mes frères — se promène dans nos parages, déguisé en coureur de bois. On allait l'oublier tout à fait quand, trois ans après sa disparition, Théo Lavallée vit entrer dans son magasin un inconnu qui déposa sur le comptoir un volumineux paquet de peaux de castors, de loups et de renards. Il n'eut rien à débourser en argent comptant. L'homme en qui il avait reconnu le suppôt de Satan n'exigeait que de la marchandise en retour : du coton, des balles de laine, de la farine, des clous, du sel et du fil de laiton. Joseph-Antoine chargea le tout sur ses épaules et repartit sans saluer. Un curieux le suivit jusqu'au lac des pins où se trouvait une cabane en rondins sous d'énormes pins. Ce curieux n'avait pas perdu une heure pour se contenter de voir cette cabane-là; il descendit à Graham, le village voisin où il mena, mine de rien, une sorte d'enquête qui lui apprit, entre autres choses, que Joseph-Antoine vivait avec une sauvagesse. C'était suffisant pour que Saint-Emmanuel se mette à broder sur ce scandaleux concubinage — les hommes surtout, que cela rendait nostalgiques, comme s'ils avaient un jour déjà lointain renoncé à l'espèce de paradis terrestre que Joseph-Antoine avait découvert en courant les bois. Mais quelques années plus tard ils purent se consoler de leur sort en entendant dire qu'il était, tout comme eux, chargé d'enfants et obligé, pour les nourrir, de trimer sans compter son temps ni les concessions puisqu'il était devenu un peu cultivateur, en plus de chasser et de pêcher.

L'égarement

Le grand soleil répandait comme un égarement.

PAVESE

Avril tire à sa fin, et l'on attend toujours, debout devant la fenêtre, le regard perdu dans un mirage de verdure et de soleil. On attend.

De brusques revers de vent tordent les branches, comme au pire de l'hiver : craquements d'os fracturés, dirait-on. D'habitude, dans ces hauteurs apparemment désertes, on a un hiver précoce, assez dur à supporter ; mais dès que l'air tiédit un peu, on se dit qu'on a passé à travers encore une fois grâce à une endurance qui frise l'héroïsme.

Ce n'est pas seulement le froid, le vent et les neiges, ni même les trop fréquentes journées grises, cernées par la nuit ; c'est le sentiment de n'être que de toutes petites bêtes perdues, sans ressources, à la merci du grand loup de l'ennui.

On a donc cinq ou plutôt six longs mois de lutte patiente à mener, armé de ce qu'on possède déjà; puis le jour gruge la nuit petit à petit. Sous l'étincelante croûte de glace, la neige devient poreuse comme une éponge et l'eau, on peut l'entendre faire son chemin là-dessous.

On se met à jubiler. Les nuits sont encore froides, mais à midi le soleil éclate comme la justice enfin rétablie ; et l'on sent des frémissements d'ailes sous sa peau, on flaire l'air doux, presque fruité déjà, on se rend visite, on fait le compte des disparus, des sinistrés et des malades, heureux de s'en être tirés sans trop de mal. Les éphémères, les émouvantes fleurs des arbres fruitiers font l'effet d'un vin bu à jeun.

I

Cette année, rien. Ni soleil à midi ni bourgeonnement. La même grisaille toujours, et cette neige qu'on finit par croire impérissable.

La plupart des vieux disent à leurs vieilles qu'ils vont marcher un peu. En fait, ils vont fumer une pipe ou deux à l'hôtel ou à la brasserie. Pour les autres, c'est moins pénible, ils ont du travail, un endroit où se rendre dès le matin.

Antoine n'a pas beaucoup dormi cette nuit-là, il s'est levé vers cinq heures, sans se presser. Il a bu du café devant la fenêtre qui donne sur les champs, attendant la lueur laiteuse de l'aube. Il commence à entrevoir les montagnes. Tout à l'heure, il a rempli le réservoir de sa tronçonneuse. Il s'est habillé comme pour faire face à une tempête.

C'est le désert quand le soleil ne se lève pas et que le ciel demeure aussi blanc que la terre, comme s'il la reflétait. Bientôt le froid lui tirera la peau sur le visage. Il s'engage sur le lac sans crainte. Tout est pris dur, comme on dit ici. S'il se retournait, il serait ébloui par la blancheur des dunes. Au moment où il s'enfonce parmi les pins, il aperçoit devant lui, à l'embouchure du sentier, la fumée d'un feu mourant. Il s'en approche, vaguement inquiet. Il n'y a pas de traces autour. C'est en s'avançant dans le sentier qu'il en repère. Sous les arbres, la neige cède avec un bruit de carton déchiré. Il dissimule la tronçonneuse et le bidon d'essence derrière une touffe de broussailles, puis il rallume sa pipe.

Et il met ses pas dans les traces fraîches. Les pins cessent de dominer, se mêlant aux bouleaux et aux épinettes dont quelques-unes, cassées par les vents, s'accrochent aux branches voisines. Son grand-père, lui, les débitait à la scie.

L'estomac vide, pense-t-il, on est plus sensible au froid. Il presse le pas, posant le pied dans les traces de l'autre. Dans moins de cinq minutes, il aboutira à un élargissement du sentier et il entendra les eaux cascader sourdement sous les glaces. Il fait presque jour maintenant.

Il a dû s'abriter derrière un îlot de cèdres : l'homme ébranchait un sapin gros comme le bras. Ce n'est plus un sentier, c'est une clairière où l'homme se redresse en aspirant une grande bouffée d'air. Il retire ses mitaines pour arracher des lambeaux d'écorce qui pendent du tronc d'un bouleau comme de vieilles peaux. Puis il les glisse sous l'amas de branches entrecroisées. Il reprend sa hache et il débite le tronc du sapin en bouts de deux à trois pieds qu'il dresse ensuite en les croisant au-dessus des branches.

On n'entend plus les coups de hache résonner ; rien d'autre que le ronflement du ravin tout près. Antoine le voit s'accroupir et allumer les rouleaux d'écorce. Une fumée noire monte, puis des crépitements éclatent. L'homme reste là, l'air radieux. Antoine croit même le voir sourire, mais peut-on savoir ? Un grésillement continu, ponctué d'éclats chuintants. L'intensité du brasier n'a pas duré cinq minutes. Et dès que les flammes retombent, exhalant une fumée grise, il ne reste plus sur la neige qu'un tas d'ossements calcinés. L'homme s'est redressé, puis il a empoigné sa hache appuyée contre une pruche géante. Et maintenant il s'engage dans le sentier, à rebours de ses traces. Heureusement, pense Antoine, que j'ai mis mes pas dans les siens. Mais qu'est-ce qu'on apprend de quelqu'un qu'on suit ?

C'est Alpha Thouin, menuisier à la retraite, qui allume des feux en plein bois, un matin d'hiver. Un homme qu'on ne risque pas de croiser dans les toilettes de l'hôtel ni au comptoir de la brasserie. Il doit aller à la messe le dimanche, et ça s'arrête là. Justement, pense Antoine. Marcher lui réchauffe le sang. Il commençait à grelotter derrière les cèdres, immobile et tendu. Sa promenade est plus agréable qu'à l'aller, il n'a pas à se soucier de ses traces. Il a rallumé une deuxième pipe, une allemande celle-là, à tuyau de corne recourbé. Il entend son estomac gargouiller. Et il imagine ce qu'il aura devant lui dans moins de quinze minutes : deux œufs, des pommes de terre rissolées, du bacon, du pain grillé, un verre de jus d'orange, du café fumant, de la confiture et du fromage. Marie-Rose s'assoira peut-être devant lui. Elle est comme ça, souriante et légère, et ça le rend gai tout de suite. Lui, en tout cas. Peut-être pas Florent ni les vieux. Eux l'ont toujours connue, ils ne se rendent plus compte de ce qu'elle vaut. Même chose pour leur paysage. Ils ont fini par ne plus rien voir. La beauté fatigue, il faut croire. Elle éblouit et puis on n'en peut plus, à la longue.

II

Il ne reste plus des heures à rêvasser devant la fenêtre en écoutant les plaintes du vent dans la cheminée. Il commence à en avoir assez, lui aussi. Dès que les lumières s'allument *Au bord de la route,* il descend y prendre son petit déjeuner en cherchant refuge auprès des Vieilles-pipes — ainsi qu'on les appelle.

Ils sont toujours là, tous les quatre, avec leurs casquettes qu'ils n'enlèvent jamais, pas même lorsqu'ils ont déboutonné leurs vestes. Avant de jouer leur partie de cartes, ils font lentement un tour d'horizon — et l'horizon, derrière leurs paupières fatiguées, est très exactement délimité par ces montagnes qui les protègent des malheurs lointains de l'humanité.

Mais pour le moment Antoine descendait le chemin qui va en pente raide jusqu'à la route. Il avait l'impression de marcher dans un tunnel tant les remblais de neige sont hauts. Le vent avait beau jeu de s'y engouffrer. Ce matin, il soufflait très bas, mais comment s'appelait-il ? Une bise, peut-être. Elle venait de l'ouest puisqu'elle lui mordait les mollets. Personne, ici, ne sait le nom des vents. Tout ce qu'on sait, c'est d'où ils viennent.

Antoine accrocha son parka et commanda un café en s'assoyant à leur table. Il n'avait pas encore droit de parole. Il bourra sa Peterson du même tabac qu'eux, granuleux et sec, un tabac qui lui râpait encore la gorge. Cette concession devait les flatter, mais ils se gardaient de le laisser paraître. À se côtoyer, se dit Antoine, ils ont fini par se ressembler : le même air de souveraine impassibilité, la même lueur moqueuse dans le regard. Plus rien ne les attend, et ils n'attendent plus rien, pensait Antoine. Ils sont au-dessus de tout. « La grange de Jonas a flambé toute la sainte nuit, dit l'un.

— J'ai vu ça en passant, dit un autre.

— J'arrivais pas à dormir, reprit le premier. Je suis allé voir ça.

— Tu peux toujours arroser une grange qui brûle, tu perds ton temps », dit quelqu'un.

Ils regardaient droit devant eux, sans cesser de fumer. « Ça prend quand même un fou pour faire ça.

— Ou un somnambule.

— Hier, c'était chez Phonse.

— Le maire va peut-être se décider à appeler la police.

— Ça pourrait être toi, dit celui qui n'avait pas dormi de la nuit.

— Moi ? Tu me paierais cher pour sortir la nuit.

— Toi ou un autre. »

Puis, après un moment de silence, il ajoute en pointant sa pipe vers Antoine : « Lui, par exemple. »

Ils riaient doucement, mais sans le regarder, comme s'il n'avait pas été là. Antoine s'entendit avaler sa gorgée de café, pris d'un malaise difficile à dissimuler. Ils revenaient à la charge en y prenant un malin plaisir. « Vous avez pas senti le brûlé quand i' s'est approché ? »

Antoine se leva un peu brusquement et pas seulement parce que Marie-Rose sortait de la cuisine avec le plateau où se trouvait son petit déjeuner. Il s'installa comme d'habitude dans le coin qui donne sur la route, leur tournant le dos. Allez donc au diable, marmonna-t-il entre ses dents, furieux de les entendre jubiler à ses dépens.

Il serait bientôt huit heures. « J'ai du veau au four. Ça te tente de venir ce soir ? lui demanda Marie-Rose.

— J'aimerais bien, mais le jeudi soir, je sors rarement du journal avant huit heures.

— J'avais oublié.

— J'irai quand même prendre un thé.

— Pauline s'ennuie de toi. »

Il eut du mal à lui rendre son sourire. L'autobus, en avance sur l'horaire, apparaissait dans le virage. Il dut sortir, son parka sous le bras.

III

Quand il descendit de l'autobus, ce soir-là, il aperçut l'auto de la Sûreté du Québec. Ils ont fini par se décider, se dit-il, humilié sans savoir pourquoi. Ils ont tous le nez écrasé contre la fenêtre. Et il poussa la porte de l'hôtel où il lui sembla déceler une animation particulière. Son arrivée ne faisait plus tomber les conversations, mais on ne l'accueillait pas avec des cris d'enthousiasme. On le tolérait, là aussi, non sans une certaine crainte depuis qu'il travaillait au journal. Jérôme lui servit son gin d'un air entendu : « On l'a toujours pas revu.

— Revu qui ?

— Alpha, voyons !

— Qu'est-ce qui s'est passé ?

— Et ça se dit reporter ! s'esclaffa l'hôtelier en prenant les clients à témoin. C'est lui qui me demande ce qui s'est passé. »

Riez toujours, se dit Antoine. Son gin était noyé dans le ginger ale comme toujours. Je devrais lui dire de me laisser faire le mélange moi-même. Il l'avala d'un trait, laissa un pourboire sur le comptoir et sortit.

L'air était sec. Il se rendit lentement jusqu'à la petite maison au toit de tôle rouge, flanquée de ce qui avait été, durant pas moins d'un demi-siècle, l'atelier d'Alpha. Il n'eut pas le temps de sonner qu'on lui ouvrit. C'était une des voisines venues remonter le moral de Mme Thouin. « Ça va pas bien, chuchota-t-elle en l'entraînant dans la cuisine. On fait c'qu'on peut. »

Elles étaient trois autour de la table à parler de tout, sauf de ce qui tourmentait — ou devait tourmenter — Mme Thouin, un visage très rond, lisse comme de la porcelaine, et d'un blanc frappant où les sourcils noirs semblaient de trop. « Moi, quand ils m'ont enlevé ma tumeur, poursuivit la plus bavarde.

— Une tumeur, c'est rien, la coupa sa voisine. Si t'avais c'que j'ai aux reins, t'aurais raison de te plaindre.

— Y a des tumeurs qui pardonnent pas. Prends mon vieux, c'est sa tumeur qui l'a ravagé. »

C'était comme s'il n'était pas entré ou comme s'il avait été une pleureuse de plus, venue tenir compagnie à celle qu'on considérait déjà comme une veuve. Il était demeuré debout, son bonnet à la main, le derrière appuyé contre l'évier, et il les écoutait parler avec le tranchant de la foi : « Ton vieux, c'est pas sa tumeur qui l'a tué.

— Si c'est pas sa tumeur, je voudrais bien savoir c'que c'est !

— Tu devrais pourtant le savoir…

— Toi, si tu commences !

— Excusez-moi, osa-t-il dire, mais depuis quand M. Thouin a-t-il disparu ? »

Un silence de mort. « Comment voulez-vous que j'le sache ? explosa Mme Thouin. Je l'ai déjà dit à la police : Alpha se levait de bonne heure, des fois en pleine nuit, pour aller se promener. » Elle avait une voix de ventre qui lui faisait monter le sang au visage quand elle haussait le ton. « Mais d'habitude, reprit-il, il revenait pour dîner, c'est ça ?

— Plus tôt que ça. Vers les huit, neuf heures. Sa faim a toujours été plus grosse que lui. Il peut manger un steak le matin, et saignant, avec du pain et des patates. »

Son regard s'était embué tandis qu'elle parlait. Les voisines regardaient fixement devant elles, aux aguets, aurait-on dit, comme prêtes à foncer sur quelque proie. « Et dire qu'Alpha a passé sa vie dans son atelier, enfermé comme un moine, à part le dimanche, mais tout de suite après la messe, on revenait chez nous, pas question d'aller faire des visites, jamais. Même ce jour-là il s'arrangeait pour avoir la même senteur que la semaine, une senteur de copeaux. Moi, ça me piquait le nez. Il l'a encore, d'ailleurs, cette senteur-là.

— Plains-toi pas, dit une voisine, y a des maris qui sentent pire que ça. Le bois c'est quand même meilleur que la graisse ou le charbon.

— Le mien sentait le foin d'odeur, dit une autre.

— Ça se comprend : toujours couché dans le fossé.

— C'est la première fois que ça lui arrive ? demanda Antoine.

— De pas revenir de la journée, oui, c'est la première fois.

— Ça fait trois mois qu'il travaille plus, c'est normal que ça le démange un peu. Sont tous pareils, mais ça finit par leur passer, comme le reste.

— Ça l'a pris y a une dizaine de jours. Moi, je dors dur, je l'entends pas se lever. Je m'en faisais pas trop, je préparais le déjeuner vers les huit heures, et c'était pas long que je le voyais arriver, la face rouge. Je lui demandais rien : un vieux a bien le droit à un caprice quand ça nuit à personne. Mais la police a l'air de le prendre pour un incendiaire, lui qui a toujours respecté le bois !

— Prends pas ça mal, Cécile. La police se pose des questions, c'est normal, vu son état.

— Son état ?

— Sa manie de sortir en pleine noirceur au moment où, justement, le feu prend ici et là.

— Commencez donc par le retrouver avant de l'accuser ! » éclata-t-elle en se cachant le visage dans ses larges mains blanches.

Il avait chaud, il étouffait, et il pensait à Alpha accroupi devant les flammes, l'air radieux, tandis qu'ici on se faisait du mauvais sang. Il sortit en les saluant d'un signe de tête. Elles demeurèrent silencieuses, absorbées toutes les quatre dans des pensées sans fond. C'était une soirée calme, sans le moindre vent, et l'air était bon. La faim le tenaillait depuis un moment déjà — la faim et l'obscur pressentiment d'un malheur, Alpha mettant le feu chez Marie-Rose, même si ça n'avait aucun sens. Mais ça n'en avait pas plus de faire flamber la grange de Jonas. Il s'en voulut de juger un homme qui n'était pas là pour se défendre. En s'installant ici, il avait choisi d'être un simple témoin, un observateur sans préjugé. Ce n'était pas toujours facile. Il était demeuré impassible devant l'hostilité générale, mais devant Marie-Rose et Pauline, il flanchait un peu chaque jour, comme le démontrait sa hâte à se rendre chez elles.

IV

Pauline se serrait contre ses jambes. Il la prit dans ses bras. « T'as le nez comme un glaçon, dit-elle.

— Mon p'tit chat.

— Mon gros loup.

— Ta maman est là ? »

Elle refusait de répondre, l'air boudeur. Il souleva l'enfant au-dessus de lui et elle battit l'air de ses bras comme si elle prenait son envol. « On fait un peu de ménage et après je te raconte une histoire.

— Tout de suite, exigea-t-elle.

— Après. »

Ils se mirent à genoux pour ramasser et fourrer dans le coffre de bois tout ce qui traînait, crayons de cire, jeux de construction, Barbie et sa garde-robe. Puis ils s'étendirent sur le canapé, devant la fournaise, et il lui demanda ce qu'elle voulait entendre. « Le Petit Poucet.

— Tu le connais par cœur.

— Ça fait rien.

— Comme tu veux. »

À mi-chemin de son récit, Marie-Rose apparut dans la pièce qui servait de salon dans une robe de chambre d'un rose qu'il trouvait affreux. « As-tu mangé ? demanda-t-elle.

— Non, mais ça presse pas. »

Elle resta un moment à l'écouter poursuivre l'histoire du Petit Poucet tout en s'asséchant les cheveux, puis il l'entendit s'affairer dans la cuisine. Une sorte de bien-être l'engourdissait. Pauline s'amusait à déboutonner sa chemise. « Au lit maintenant, dit-il.

— Toi aussi.

— C'est trop tôt, voyons.

— Tu dors jamais avec moi.

— Une autre fois.

— C'est toujours une autre fois. »

Il la souleva, la jucha sur ses épaules et la déposa dans son lit après lui avoir permis d'embrasser sa mère. « Reste avec moi encore, le supplia-t-elle.

— Je serai là, juste à côté. »

Elle l'embrassa en lui serrant les bras autour du cou. Il lui chuchota bonne nuit à l'oreille et se releva, à bout de souffle, comme s'il avait couru. Marie-Rose lui avait servi une tranche de veau avec des pommes de terre en purée. Elle versait de l'eau bouillante dans la théière. Même dans le rose affreux de sa robe de chambre, il la trouvait lumineuse. Elle s'assit devant lui, les coudes sur la table, et soupira. « Grosse journée ? demanda-t-il.

— Comme d'habitude. Mais l'hiver me tue. Ça finira donc jamais ?

— Avril tire à sa fin. »

Elle le regardait manger et cela le mettait mal à l'aise, sans qu'il sût trop pourquoi. « On n'a pas encore de nouvelles d'Alpha Thouin, dit-il.

— Écoute, Antoine… »

Elle avait baissé les yeux tout en jouant avec la salière. « Quoi ? demanda-t-il.

— J'ai pas tellement envie d'en parler maintenant.

— Parler de quoi ? »

Elle haussa les épaules. Il voyait bien qu'elle luttait contre quelque chose, mais tout ce qu'il trouva à dire, ce fut que le veau était parfait. « Tu la gâtes trop, dit-elle abruptement.

— Pauline ?

— Le lendemain, j'arrive plus à la consoler. C'est épouvantable. Y a rien que toi au monde pour elle. Tu devrais comprendre…

— J'ai cru bien faire, excuse-moi.

— Je sais plus ce que je dis, je suis morte de fatigue.

— Couche-toi de bonne heure. C'est ce que je vais faire, moi aussi.

— Du thé ?

— Volontiers. »

Elle lui remplit sa tasse. « J'aurais envie de tout laisser tomber.

— Toi ?

— Pourquoi pas moi ? J'en ai assez d'avoir l'air d'aller bien quand ça va mal. »

Il trempa un biscuit dans son thé en se demandant ce qu'il pouvait dire pour la réconforter alors que lui-même ressentait une lassitude immense, proche de l'accablement. « Si j'avais pas Pauline, je lâcherais tout, je te jure.

— Tu devrais prendre quelques jours de repos.

— Ça changerait pas grand-chose. J'ai l'impression de tourner en rond, d'être toujours au même point. Comme si plus rien ne pouvait m'arriver.

— Mais toi, au moins, tu as quelqu'un qui t'attend le soir.

— Peut-être », dit-elle distraitement.

Il se rappela tout à coup qu'il avait oublié sa tronçonneuse dans les broussailles plusieurs jours plus tôt. Comme il se levait en vidant sa tasse, elle sursauta : « Tu pars déjà ? »

— À moins que tu préfères que je reste… »

Quand il sortit de la salle de bains aux murs suintants, elle l'attendait debout, les mains derrière le dos, tout le corps offert, lui semblait-il. « Embrasse-moi », dit-elle. C'était la première fois, et il posa ses lèvres sur les siennes très vite, comme si ça l'avait brûlé. « Encore », dit-elle d'une voix changée avec, dans le regard, autre chose que son habituelle sérénité. Il se contentait de la serrer contre lui tandis qu'elle lui mangeait les lèvres.

V

La lampe sur pied était toujours allumée, il pouvait la regarder dormir, les genoux ramenés contre le ventre, un bras pendant hors du lit sans cependant toucher le sol. La nuit aveuglait encore les fenêtres. Une forte envie de l'étreindre le reprenait, mais il se leva, le dos raide. Il se rappela la chair de poule qu'elle avait la veille quand il la caressait. Il s'habilla et ferma la porte doucement.

Et maintenant, frissonnant dans l'air humide, il descendait vers le village en tentant désespérément de revivre le plaisir de la veille, mais le sommeil en avait noyé le souvenir. Ç'avait été rapide à cause de leur trop grande excitation. Il lui avait dit : « On recommencera tout à l'heure. » Et elle avait souri. Mais il s'était endormi. Elle, peut-être pas. Il regretta de ne pas lui avoir laissé un mot. Était-ce seulement la peur d'être surpris par Pauline qui l'avait fait déguerpir comme ça ?

Il ne ventait pas, mais le froid mordait jusqu'à l'os. Il devait être près de six heures. Une faible lumière perçait au loin. Comme il dépassait l'hôtel, il aperçut une lueur. Son cœur se mit à battre violemment et il courut. Son souffle lui brûlait les poumons. Passé le virage, il vit de la lumière *Au bord de la route*. Il longeait un champ où s'était disséminée une famille de hautes épinettes noires au-delà desquelles se dressa bientôt le squelette incandescent de la maison des Bautront. Le toit achevait de s'écrouler en projetant des gerbes d'étincelles. L'odeur de l'incendie lui parvenait ; une odeur âcre.

Des camions s'étaient garés à l'entrée du chemin. Une buée rosée teintait le ciel au-dessus du versant est. Le jour n'était pas loin et il pouvait voir un groupe d'hommes devant le brasier. Quand ils l'aperçurent, ils se mirent à gesticuler et à crier. « Qu'est-ce que tu fais là ? lui demanda le maire, hors de lui. On te croyait pris là-dedans. » Mais il était trop essoufflé pour répondre. « On t'appelait, mais ça flambait comme une torche, pas question d'entrer, reprit le maire.

— C'est effrayant, dit Antoine, fasciné.

— Ç'aurait pu être pire si t'avais été là-dedans », ajouta Florent.

Ils se turent, se demandant sans doute où il avait passé la nuit. Il ne leur ferait pas le plaisir de le leur dire. Il se sentait nu tout à coup, dépouillé de tout, mais soulagé d'un grand poids. « On aurait pu essayer d'éteindre, dit quelqu'un, mais ces bâtisses-là, toutes en bois, c'est comme des boîtes d'allumettes. » Vous étiez trop contents, pensa-t-il, de voir flamber la maison de Louis-Joseph, vous n'auriez pas bougé le petit doigt. Florent lui offrit une cigarette qu'il accepta. En l'allumant, il se rendit compte qu'il tremblait.

Les autres parlaient à voix basse, comme à l'église, tandis que lui, toujours fasciné par les brusques recrudescences du brasier, s'approchait des ruines dont la chaleur lui cuisait le visage. On lui posa une main sur l'épaule. C'était un policier, jeune et bègue, qui lui demandait si le chauffage fonctionnait quand il avait quitté la maison, et quand il était revenu. Il fit des réponses brèves et précises. Rien de suspect, insistait l'agent, pas de traces autour de la maison ? Il fit signe que non, sans se compromettre davantage. Florent l'invita à boire un brandy à la brasserie.

Quand Marie-Rose arriva une heure plus tard, pâle, les

116

cheveux encore mêlés, il lui apprit la nouvelle en blaguant : « Je peux dire que je n'ai vraiment plus rien à perdre.

— Tu vas être obligé de passer la nuit chez nous, j'en ai bien peur », chuchota-t-elle.

Après un deuxième café, il sortit, pris d'une soudaine envie d'être seul sur les lieux du sinistre, expression devenue familière depuis qu'il travaillait au journal. Le soleil tentait une percée. Il restait là, les bras derrière le dos, à contempler les débris fumants et à se dire qu'Alpha ne pouvait aller plus loin maintenant. La pensée qu'il aurait été grillé vif si Marie-Rose ne l'avait pas retenu chez elle la veille le traversa pour la première fois. Mais il ne ressentait rien, pas même un peu de colère contre l'incendiaire. À moins que ce ne soit purement accidentel, se dit-il sans y croire.

Il contourna le lac et s'engagea, au peu tendu, dans le sentier où tout avait commencé. Le silence était rompu par des cris d'écureuils. Arrivé à la clairière, au bord du ravin, il se sentit oppressé. Les moignons calcinés du feu qu'Alpha avait allumé étaient toujours là, modeste ébauche dont le sens lui avait alors échappé. Et lui échappait toujours. Il chercha dans la neige, autour de lui, des indices, des signes même obscurs, mais il finit par admettre qu'il ne savait pas lire. Rien que des brindilles de sapin là où Alpha avait débité son arbre.

Au retour, il s'étonna de ne pas être bouleversé davantage par la perte de ses livres. Est-ce que je commencerais à pouvoir marcher sans béquilles ? Il se sentait léger et libre comme jamais. Mais il y avait Marie-Rose et sa chaleur. Pauline qui se jetait contre lui. Sans ce recours, il aurait su ce que c'était d'être comme Alpha tout nu dans la froideur du monde, et acculé à des extrémités. C'est seulement dans ces conditions qu'on découvre de quoi on est capable, pensait-il.

Il avait connu ça, lui aussi, au moins une fois. C'était la veille de Noël, tard dans la soirée, et il n'en pouvait plus de supporter l'espèce de quarantaine qu'on lui imposait depuis qu'il s'était installé ici, après la mort de son grand-père. Il avait eu beau faire les premiers pas, on lui rabattait le caquet. Il se complaisait même dans une sorte d'humilité qui était l'envers exact de l'attitude du grand-père qui, lui, avait vécu jusqu'à quatre-vingt-dix ans pour le plaisir de narguer tout le village du haut de sa solitude. Même mort, on lui en voulait encore, et c'était Antoine qui devait payer à sa place. Il avait tenu bon, résistant à leur hostilité avec une humeur égale, l'air modeste, discret comme une ombre. À compter du jour où il avait été embauché au journal, on s'était mis à le regarder avec une sorte de respect craintif, mais il était évident qu'on ne le tenait pas quitte pour autant de la rancœur accumulée depuis des décennies. Ce soir-là, donc, après avoir longtemps erré dans la tempête, il avait eu la faiblesse de pousser la porte de la brasserie et de s'asseoir à une table. Marie-Rose lui avait souri, mais elle était faite comme ça, elle souriait comme d'autres ont les yeux bleus. Malgré l'imminence de la messe de minuit, il y avait pas mal de clients qui jouaient aux cartes ou bavardaient devant un verre. Lui, en attendant le café qu'il avait commandé, avait failli faire un coup d'éclat, il en avait honte encore : les bras tendus vers eux, il se serait levé en criant qu'il ne voyait plus rien, et il aurait bien fallu qu'ils consentent enfin à lui témoigner une certaine compassion. Mais il s'était vite ressaisi. Une telle extrémité aurait été considérée comme un aveu de défaite qui l'aurait forcé à décamper. Par chance, Marie-Rose lui apportait son café et plus que cela, car elle avait osé enfreindre le tabou en s'assoyant à sa table. Les autres avaient essayé de ne pas broncher, comme si de rien n'était, mais ils en oubliaient de jouer et de boire. Elle l'avait invité à réveillonner chez elle s'il n'avait rien d'autre à faire. Mais Alpha, lui, qu'est-ce qui lui avait manqué pour en arriver où il en était ?

Il retrouva sa tronçonneuse, le seul bien qui lui restait, et il la confia à Marie-Rose avant de se rendre au *Café central*, ouvert dès sept heures, deux heures avant l'*Hôtel du Nord*. C'était là que les premières rumeurs du jour se faisaient entendre. Le même cercle que d'habitude s'y trouvait, mais il n'y apprit rien de neuf, sauf que Cécile Thouin passait son temps à faire des tartes aux pommes, les préférées de son mari, en attendant qu'il revienne. On parlait de tout, de la police qui pataugeait toujours, du froid qui persistait, mais surtout pas du malheur qui venait de le frapper, lui, Antoine Bautront, bien qu'on soupçonnât Alpha d'en être la cause. Il se dit qu'il n'était pas encore de la famille et que cela faciliterait son rôle d'observateur. Ils devaient être une demi-douzaine de braves contribuables autour du chauffeur d'autobus, un grand moustachu doté d'un menton d'ambitieux, à se plaindre de leurs insomnies. Et si on organisait une sorte de battue tous les soirs ? proposait le chauffeur. Ils étaient tous d'accord, mais ça va foirer, pensait Antoine. Pas un n'aura le courage de rogner sur ses heures de télévision. Ils en discutèrent un bon moment pour, finalement, conclure qu'il fallait donner à la police une dernière chance. Après tout, si on la payait, la police, ce n'était pas pour faire le travail à sa place.

VI

Comme Antoine sortait derrière le chauffeur, il vit quelqu'un courir vers eux en leur faisant signe. C'était Phil, le boucher, qui exhalait une haleine blanche en criant : « Attendez ! » Ils attendirent que la parole lui revienne : « Venez vite voir ça.

— Voir quoi ? demanda le chauffeur, qui s'adressait à Antoine. Lui, c'est un voyant, et pas pour rire. C'est pas la première fois que tu vois des choses qu'on voit pas, nous autres, hein, Phil ?

— Vous allez voir », répliqua Phil.

Le chauffeur hésitait, tiraillé entre le devoir de respecter l'horaire et la curiosité. Antoine emboîta le pas au boucher qui ajouta : « Ça donne un coup de voir ça, j'vous dis.

— De voir quoi ? » insistait le chauffeur.

Mais Phil leur réservait la surprise, se contenant d'ouvrir la marche. Ils traversèrent le magasin, puis la cuisine encombrée de vaisselle sale. « Par ici », dit Phil en repoussant la porte derrière laquelle ils découvrirent une forme humaine prostrée. « Qu'est-ce que je vous disais ? » demandait Phil, l'air rayonnant. Antoine baissa les yeux devant le regard fixe d'Alpha. Sa barbe grise et raide accentuait la maigreur de son visage. Il avait les mains jointes entre les cuisses quand le froid l'avait tué, le froid ou la maladie, ou encore les deux. « As-tu appelé la police ? » finit par

demander le chauffeur presque tout bas. Phil fit signe que non.
« Qu'est-ce que tu attends ?

— Je voulais vous le montrer avant, dit-il.

— Le temps que la police arrive, tout le village pourra
l'examiner », s'emporta le chauffeur.

Mais Phil restait là, hochant la tête, comme s'il n'arrivait pas
à comprendre qu'une chose pareille se passe chez lui. « D'après
moi, Alpha voulait manger, mais la force lui a manqué. C'est
curieux que j'aie rien entendu…

— Comment savoir ? dit Antoine entre ses dents.

— Pauvre vieux, murmura le chauffeur.

— Vous allez pas me laisser tout seul avec lui, se lamenta
Phil.

— Qu'est-ce que t'attends pour appeler la police ?

— J'y vas, dit-il. Encore chanceux que les chiens l'aient pas
mangé tout rond… »

Ils contournèrent le magasin pour rejoindre la rue principale. « Savais-tu que c'était le grand ami de ton grand-père ?
demanda le chauffeur.

— Non.

— Son seul ami. Le seul à lui adresser la parole en sortant de
l'église, le dimanche. »

Son seul ami, se dit Antoine, et il a mis le feu à sa maison.
Tout au long du trajet jusqu'au journal, il se sentit triste sans trop
savoir pourquoi : Alpha ne lui avait jamais dit un mot — mais si,
aux funérailles, en lui serrant la main. « Arrives-tu à croire qu'on
va avoir de la pluie demain ? demanda le chauffeur au moment
où il allait descendre.

— De la pluie ?

— C'est c'que la météo vient d'annoncer. »

Table des matières

La folle d'Elvis   9

La dernière cigarette ou la tentation du désert   17

Une dernière chance   27

Une image de la vie   35

Ceux qui attendent   45

Une victoire plus grande   57

L'influence d'un rêve   65

Le bon vieux temps   69

Le souvenir de sa douleur   87

L'égarement   97

MISE EN PAGES ET TYPOGRAPHIE :
LES ÉDITIONS DU BORÉAL

ACHEVÉ D'IMPRIMER EN AOÛT 1997
SUR LES PRESSES DE L'IMPRIMERIE AGMV MARQUIS
À CAP-SAINT-IGNACE (QUÉBEC).